누의 자리

트리플

18

누의 자리

이주혜 소설

TRIPLE

차례

누의 자리

구멍은 좁고 길어야 한다. 이 시간까지 나는 오직 철저함 하나만을 목표로 달려왔다. 여러 번의 꼼꼼한 사전 답사를 거쳐 구멍을 뚫을 위치를 미리 정해두었고, 경내 CCTV의 위치와 순찰 시간, 순찰 경로도 파악해두었다. 진입 방법과 시간을 정하기까지는 그리 오래 걸리지 않았다. 한 달 남짓한 잠행 끝에 나는 밤사이 두 번의 순찰이 진행된다는 사실을 알아냈다. 직원들이 모두 퇴근한 후에 다소 격식을 차린 1차 순찰과 그보다는 형식적인 2차 순찰까지 마치고 나면, 경비원은 주로 좁은 경비실에 들어가 눈을 붙이거나 신김치와 컵라면을 안주 삼아 소주 반 병 정도를 비우곤 했다. 보통 자정이 넘어서 시작되는 경비원의 자작은 새벽 2시까지 이어지는 법이 거의 없었고, 4시 정도가 되면 광막하던 밤도 귀퉁이가 서서히 무너지기 시작했으므로 일을 치르기엔 경비원이 확실한 쪽잠에 들어가는 새벽 2시에서 4시 사이가 가장 좋았다. 축시에서 인시로 넘어가는 시간. 소가 물러나고 호랑이가 다가오는 시간. 진입 방법은 역시 담을 넘어가는 쪽이 나았다. 다만 담장이 낮거나 철제 울타리로 된 곳은 넘어가기 수월해 보여도 경비실과 CCTV가 너무 가까웠다. 산책을 빙자한 여러 차례의 사전 답사 끝에 나는 경비실에서도 멀고 우람한 나뭇가지가 CCTV까지 살짝 가려주는 최적의 위치를 발견했다. 다만 바깥쪽에 서면 담장이 내 키보다 훌쩍 높아서 맨몸으로 넘어가는 건 불가능해 보였다. 나는 집에서 멀리 떨어진 낯선 동네의 철물점을 찾아가 가벼운 접이식 사다리를 샀고, 어느 늦은 밤 산책을 하는 척하다가 내가 점찍어둔 담장에서 그리 멀지 않은 헌 옷 수거함 뒤쪽에 사다리를 감춰놓았다. 바깥쪽과 달리 담 너머 땅은 거리 쪽 지면보다 높았고 흙과 마른 나뭇잎으로 덮여 푹신했다. 일단 사다리로 담장 위에 올라간

다음 거기서 안쪽으로 뛰어내리기로 했다. 혹시라도 발목이 접질리는 사고가 날까 봐 미리 유튜브 영상을 보고 발목 강화 운동과 스트레칭도 꾸준히 했다. 진입 시간은 그믐밤으로 정했다. 밤 10시만 되어도 근처 음식점과 카페가 모두 문을 닫고 조명이랄 것도 드문드문 서 있는 가로등이 전부라 일반 상점가나 주택가에 비하면 상당히 어둡고 적막한 곳이기는 했으나 만에 하나 담장을 넘어가는 모습이 누구의 눈에라도 띄면 낭패가 될 터였다. 산 자의 몸으로 죽은 자들의 세계로 넘어가기엔 그믐만 한 시간이 없을 것이다.

구멍은 좁고 길어야 한다. 난로 연통을 갈아 끼워야 한다고 둘러대고 철물점에서 맞춤한 길이의 양철 원통을 구했다. 꼬챙이에 가까운 좁고 긴 모양의 호미도 구했다. 담장을 넘은 다음 작은 펜 조명에 의지해 점 찍어둔 자리까지 단숨에 걸어갔다. 사실 여러 번 예행연습을 거쳐서 눈 감고도 갈 수 있는 길이지만, 오늘은 배낭에 원통과 호미까지 들었으므로 자칫 넘어졌다간 요란한 소리를 내고 들킬 수 있다. 쓸데없는 위험을 감수할 필요는 없다. 끝까지 신중해야 한다. 생각해둔 자리에 도착하자마자 펜 조명을 입에 물고 원통을 땅에 박기 시작했다. 날카롭고 둥근 가장자리를 땅에 대고 나사를 박듯 돌려가며 흙 속에 박아 넣었다. 흙은 부드러웠지만 잔디 뿌리가 단단히 엉켜 있어서 원통이 부드럽게 박히지 않았다. 무덤에 왜 잔디를 입히는지 알 것 같았다. 작고 보드라워 보이는 것이 무엇보다 질긴 뿌리를 내려 흙을 지탱하고 있었다. 잔디는 예상 밖의 복병이었다. 나는 원통을 박다 말고 호미를 꺼내 그 안의 흙을 파내기 시작했다. 흙을 파낸다기보다는 안에 이어진 잔디 뿌리를 끊어내는 작업에 가까웠다. 선뜩한 가을밤인데도 관자놀이에 땀이 줄줄 흘러내렸다. 침착하자. 나는 잠시 손을 멈추고 생각했다. 아직 시간은 충분하다. 괜한 동요로 일을 그르치지 말자. 호미를 내려놓고 면장갑을 낀 손등으로 땀을 훔쳤다. 저 멀리 아파트 건설 현장의 대형 크레인이 어둠을 향해 붉은 등을 천천히 깜박이는 게 보였다. 나는 그 점멸의 속도에 맞춰 호흡을 가다듬었다. 괜찮다. 아직은 괜찮아.

톳.

대꾸하듯 지척에서 무언가 떨어졌다. 마른 잎 사이로 도토리 한 알이 추락했을까? 예상했던 기척이었다. 어둡고 적막한 이곳에서 저 소리를 만나더라도 절대 소스라치지 말 것. 네가 좋아하는 소리였다. 한껏 날카롭지도, 마냥 둔탁하지도 않은 다소 느긋한 추락의 소리. 이맘때면 너는 저 소리를 찾아 이곳을 거닐었다. 나뭇잎 수북한 흙길을 밟으며 소우주 같은 도토리 한 알이 땅에 닿는 순간을 찾아 귀 기울였다. 도토리는 다람쥐에게 양보하세요. 그런 푯말을 지나치지 못하고 그 앞에서 악착같이 도토리를 주워가는 사람들의 탐욕을 원망했다. 사람들이 지나다니는 길에 도토리가 떨어져 있으면 주워 덤불에 던졌다. 다람쥐야. 도토리 잘 찾아 가렴. 사람에게 뺏기지 말고. 이렇게 속삭이면서.

도톳.

이번엔 두 알인가. 나는 펜 조명을 입에 문 채 빙 긋 웃었다. 자리를 잘 잡았다. 너는 이 좁고 긴 구멍 안 에서도 이맘때면 좋아하는 저 소리를 실컷 들을 수 있 을 것이다. 나는 다시 호미를 들고 하던 일을 계속했다.

*

저 무덤은 왜 한쪽으로 치우쳐 있지? 내 물음에 너는 어느 가엾은 여자의 이야기를 들려주었다. 여자는 고작 열세 살에 왕자와 결혼했다. 왕자가 세제가 되면서 여자는 세제빈이 되었고 왕자가 왕위에 오르자 여자는 왕비가 되었다. 여자 나이 서른셋의 일이었다. 여자는 그 나라 역사상 왕비의 자리에 가장 오래 앉아 있었다지만 왕과의 사이에 자식은 없었다. 성격이 몹시 괴팍한 것으로 알려진 왕은 여자를 사랑하지 않았고 다른 여자를 아껴 그 여자와의 사이에 많은 자식을 두었다. 그러나 왕은 자신이 아끼는 여자가 낳은 아들을 미워해 오래도록 갈등했고, 왕에게 사랑은 받지 못했으나 왕비의 자리는 지켜야 했던 여자는 왕과 (자신이 낳지도 않은) 미움받는 왕자 사이의 갈등을 해결하기 위해 애썼다. 그러나 왕은 결국 제 손으로 아들을 죽이고 말았고 제 아비의 죽음에 원망을 품고 자랄 운명인 어린 손자를 자신의 후계자로 선택했다. 궁궐 안에 피비린내 나는 풍파가 몰아치는 와중에도 여자는 왕비의 자리를 묵묵히 지키다 예순여섯 살에 세상을 떠났다. 여자를 사랑하지 않았고 내내 외롭게 했던 이 무정한 왕은 훗날 자신이 죽으면 여자의 곁에 묻으라 명했다. 왕은 여자를 보내는 길에 다음과 같은 행장을 적어 여자를 치하했다.

왕궁 생활 43년 동안 항상 웃는 얼굴로 맞아주고, 양전을 극진히 모시고, 게으른 빛이 없었으며, 숙빈 최씨(왕의 생모)의 신주를 모신 육상궁 제전에 기울였던 정성을 고맙게 여겨 기록한다.

이기적인 새끼. 이 대목에서 너는 항상 욕설로 추임새를 넣었다. 여자의 무덤은 훗날 왕의 자리를 위해 한쪽으로 치우치게 만들어졌다. 왕의 무덤이 들어설 위치를 고려해 석물까지 미리 2인용으로 맞춤하게 들여놓았다. 그러니까 여자의 옆자리는 수십 년 동안 오직 왕의 죽음만을 기다렸을지도. 그러나 막상 왕이 죽자(이 왕은 이 나라 역사상 가장 오래 산 왕으로 기록되어 있다.) 그의 뒤를 이은 손자는 왕의 유언을 뒤집고 여자의 옆자리가 아닌 엉뚱한 곳에 왕을 묻으라 명한다. 왕이 눈 감는 순간까지 자신의 자리라고 믿었던 곳과 실제로 묻힌 곳은 궁궐을 기준으로 수도의 서쪽 끝과 동쪽 끝만큼 멀리 떨어져 있다. 이것은 손자의 복수였을까? 현재 왕의 옆자리에는 왕비가 죽은 후 예순다섯 살 왕이 열네 살 처녀를 데려와 앉힌 두 번째 왕비가 묻혀 있다. 한쪽으로 치우친 여자의 무덤은 여전히 옆자리가 비어 있

고 여자 대신 왕의 사랑을 듬뿍 받았던 (그러나 아들의 참
혹한 죽음을 목격해야 했던) 또 다른 여자가 같은 경내에 묻
혀 있다. 두 여자는 왕이 없어서 쓸쓸했을까? 너는 두
여자의 무덤 앞을 지날 때마다 같은 질문을 던졌고 나
는 그때마다 딴지를 걸듯 같은 대답을 했다. 왕을 따돌
리고 편안했을걸? 너는 오래도록 왕의 죽음을 기다렸
을 여자의 옆자리, 그 빈터를 물끄러미 바라보며 중얼
거리곤 했다. 그럼 저 자리는 영영 비어 있게 되나? 수
백 년간 내내 기다리기만 하면서? 걱정마라. 오늘 그 기
다림은 끝났다. 내가 너를 이 자리에 데려다 놓을 테니.

　　　여기가 어딘가요? 네가 내게 처음 건넨 말이다.
내 자리는 어딘가요? 너는 게게 풀린 눈으로 내게 물었
다. 학원 원장이 마련한 신입 강사 환영식이었다. 입시
학원 수업이란 원래 밤늦게 끝나기 때문에 술자리도 느
지막이 시작했다. 금요일이 토요일로 넘어가자 다음 날
오전 수업이 있는 강사들은 눈치껏 자리를 떠났고 정신
을 차려보니 어느새 원장과 너와 나만 남아 식어빠진
어묵탕 국물을 휘젓고 있었다. 환영식의 주인공은 너였
지만 원장의 학교 선배이자 대학 강사 출신 박사, 그리

고 이혼(당)한 여자라는 너의 배경을 알게 된 후로 학원 안에서 너를 진심으로 환영하는 사람은 없어 보였다. 심지어 너를 여기에 '꽂아준' 원장도 부담스러운 짐을 떠맡은 사람의 난처함을 숨기지 않았다. 네가 화장실을 찾아 비틀거리며 술집 밖으로 나가는 걸 보고 원장이 중얼거렸다. 아씨, 저 누나는 술 때문에 그 봉변을 당하고도 여태 정신을 못 차렸네. 방금까지 누나, 원샷! 어쩌고 하며 자꾸 너에게 술을 권하던 원장의 모습이 떠올랐다. 나는 치밀어 오르는 욕설과 구역을 삼키고 자리에서 일어났다. 고 선생, 어디 가? 원장이 짜증스럽게 물어 나는 주머니에서 담뱃갑을 꺼내 흔들어 보였다. 하, 씨발년들. 뒤통수로 원장의 나직한 욕이 날아왔다.

건물 사이 협소한 주차 공간에 들어가 담배를 두 대째 피우고 있는데 네가 왔다. 여기가 어딘가요? 나는 대답하지 않았다. 너는 나를, 내 입에 물린 담배를, 내가 기댄 담장을, 그 앞의 건물 외벽을 차례차례 일별하다 다시 물었다. 내 자리는 어딘가요? 네 입가에 토사물의 흔적이 보였다. 그런 네가 한심해 나는 담뱃갑을 들어 보였다. 너는 고개를 끄덕였고 나는 담배 하나를 꺼내 네 입에 물려주고 불까지 붙여주었다. 너는 담배를 한 모금 깊숙이 빨아들이고 다리에 힘이 풀린 듯 주차장 바닥에 풀썩 주저앉았다. 치맛자락이 말려 올라가며 너의 마른 허벅지가 드러났다. 너는 앉아서, 나는 서서 천천히 담배를 피웠다.

　　그날 이후로 너는 학원에서 유일하게 너를 환대한 사람이 나라고 착각했는지 자꾸 나를 쫓아다녔다. 나보다 한참 나이가 많은 네가 엄마 뒤를 쫓아다니는 아이처럼 내게 의지하려 들었다. 나는 딱히 네가 싫지는 않았지만 그렇게 좋아하지도 않으면서 다소 유치한 너의 질문에 대답하고 조금 성가신 너의 부탁을 들어주었다. 언제부턴가는 퇴근 후 함께 늦은 저녁을 먹고 술을 마시고 담배를 피웠다. 어느 날 복사실에서 마주친 원장이 드륵드륵 복사기 돌아가는 소리 사이로 말했다. 고 선생, 성격 참 좋아? 무슨 말이냐고 눈으로 묻자 원장이 피식 웃으며 말했다. 희원 누나 말이야. 저 누나 별명이 뭐였는지 알아? 빨판이야. 빨판. 한번 들러붙으면 웬만해선 떨어지지 않거든. 주엽이 형도 어쩌다 물려서 마지못해 결혼했을걸? 그래놓고 지가 먼저 사고를 치냐? 아마 윤 교수 사건도 저 누나가 먼저 교수 자리 욕심내 찰싹 들러붙었을 거라는 데 내 왼쪽 콧구멍을 건

다. 윤 교수가 얼마나 점잖은 사람인데 저런 늙다리 아
줌마 꼬시려고 술을 먹이고 추행을 했겠어? 고 선생도
봤지? 저 누나 술 마시는 거. 한 잔이 두 잔 되고 두 잔
이 세 잔 되면 그다음부턴 쭉쭉이야. 빨판처럼 착 들러
붙어 쭉쭉 빨아대는 거지. 고 선생도 조심해. 물리기 전
에. 앗, 종이 다 썼네? 고 선생이 좀 채워봐. 원장은 뭐가
그리 신나는지 벌겋게 상기된 얼굴로 흐흐 웃으며 복사
물을 챙겨 나갔다. 나는 어쩐지 더러운 기분이 들어 종
이를 새로 채워 넣은 카트리지를 신경질적으로 탁 밀어
넣었다.

*

　　너의 장례식장에서 오래전 너에게 물렸다는 남
자와 네가 낳은 아들을 보았다. 상주 자리에 앉은 너의
어머니는 네 아이를 끌어안고 통곡했다. 왜 이렇게 컸
어? 아휴, 왜 이렇게 몰라보게 커버렸어? 너의 어머니
는 네 아이의 성장이 크나큰 잘못이라는 듯 자꾸 아이
의 마른 등을 치며 울었다. 보다 못한 너의 전남편이 아
이의 몸을 붙잡고 뒤로 살짝 끌어당겼다. 너의 전남편

과 아이가 너의 영정 앞에서 향을 피우고 절을 두 번 하
는 동안 나는 두 사람의 뒤통수를, 반짝 드러난 양말 신
은 발바닥을, 수긋한 척 내려앉은 등을 차례차례 노려
보았다. 너를 버려놓고 이제야 당도한 사람들이었다.
너를 대신해 나는 그들을 용서할 수 없었다. 상주 자리
하나 차지하지 못한 나는 상조회사 직원에게 육개장 두
그릇을 받아 들고 두 사람 앞으로 갔다. 너의 아이 옆에
붙어 앉아 연신 아이의 등을 쓸어내리고 있던 너의 어
머니가 너의 전남편에게 나를 소개했다. 희원이랑 같이
살던 선생님이야. 이 사람이 발견했어. 이 사람 아니었
으면 우리 희원이 죽은 줄도 몰랐을 거야. 너의 전남편
은 나와 눈을 마주치자마자 날카로운 것에 찔린 사람처
럼 급히 고개를 돌렸다. 그는 내 눈빛에서 너를 대신한
적의와 너를 향한 끓는 마음을 동시에 알아볼 만큼 예
민한 남자였다.

　　아직 온기를 간직한 너의 뼛가루를 어떻게 처리
할 것인가를 두고 너의 가족이 잠시 실랑이를 벌였다.
언뜻 보기에는 네 몸의 최종 결과물을 흙으로 보낼 것
인가, 물로 보낼 것인가를 둘러싸고 입씨름을 벌이는
것 같았지만, 내가 보기엔 처리 절차의 성가신 정도와

비용을 저울질하고 있었다. 그래도 때가 되면 찾아가 술이라도 올릴 자리가 있어야 하지 않겠냐는 어머니의 주장에 너의 오빠가 맞섰다. 희원이는 원래 바다를 좋아했잖아, 엄마! 너와 함께 산 5년 동안 나는 네 오빠의 존재를 들은 적이 없는데 네 오빠는 너의 모든 것을 안다는 듯 절절하게 말했다. 해양장을 치러도 유골을 뿌린 자리를 부표로 표시해두어 원하면 배를 타고 그 자리에 찾아갈 수 있다는 네 오빠의 설득에 어머니가 넘어갔다. 내가 아는 너는 바다를 싫어했다. 일렁이는 파도가 짐승의 아가리 같아 무섭다고 했다. 가족이 아니라서 의견을 말할 수 없고 너의 마지막을 실은 배에 올라타지도 못한 나는 선착장에 남아 멀어지는 배 꽁무니를 바라보았다. 너의 뼛가루를 한 줌도 훔쳐내지 못한 내가 미워서 오래도록 허공을 노려보았다.

장례를 치르고 한 달도 못 되어 너의 오빠가 우리 집을 찾아왔다. 그는 네가 남긴 물건을 찬찬히 훑어보았지만, 어느 것 하나 가져가겠다고 나서지는 않았다. 너의 물건은 대학 강사 자리에서 쫓겨났으면서도 끝내 포기하지 못한 두툼한 전공책 몇 권, 얼마나 넘겨

봤는지 책배에 까맣게 손때가 묻은 낡은 국어사전 하나, 그리고 옷가지 몇 개가 전부였다. 그나마 돈이 될 만한 것이라면 바꾼 지 얼마 안 되는 스마트폰 정도일까? 너의 오빠는 전원이 꺼진 지 오래된 차가운 스마트폰을 만지작거리다 어쩐지 아쉬운 얼굴로 다시 책상에 내려놓더니 슬그머니 물었다. 이 집 보증금은 얼마나 됩니까? 나는 치밀어 오르는 욕지기를 눌러 참으며 이 집은 처음부터 나 혼자 살던 집이고 너는 도중에 들어와 생활비 조로 약간의 돈을 내며 살았다고 대답했다. 한마디로 너는 내게 얹혀살았다고, 빨판처럼 내게 철썩 들러붙어 나를 쭉쭉 빨며 살았을 뿐이라고, 당신에게 돌아갈 여동생의 유산 따위 한 푼도 없으니 어떤 기대도 하지 말라고. 그렇게 들리도록 단어와 어조를 신중히 골라 말했다. 너의 오빠가 눈에 띄게 실망했다. 네 오빠는 미련이 남은 얼굴로 네 책상 위를 좀 더 흘낏거리다 공책 옆에 함부로 놓인 만년필을 발견했다. 유명한 만년필 로고 위로 '누'라는 한 글자 각인이 새겨져 있었다. 너의 오빠가 각인을 살피다가 조심스럽게 물었다. 혹시 우리 희원이 것입니까? 우리 희원이? 이제 와서? 만년필은 너의 것이 아니었다. 나는 쓸데없이 간절한 네 오빠의 눈빛에 항복하듯 고개를 끄덕였다. 만년필은 나의 것도 아니었다. 그것은 '누'의 것이었다.

네가 내 집에 들어온 게 5년 전이고 우리가 한 침대를 쓰기 시작한 게 4년 전이다. 함께 살기 시작한 지 1년 만에 우리는 룸메이트 사이에서 연인 사이가 되었다. 처음 한 침대에서 자고 일어난 날, 너는 아슬아슬하게 들떠서는 나를 백화점에 데려갔다. 너는 웬만한 최신 스마트폰 기기보다 비싼 독일제 한정판 만년필을 척 고르더니 신용카드를 내밀었다. 24개월 할부로 해주세요. 그리고 각인 여부를 묻는 직원에게 '누'라는 단 한 글자를 새겨달라고 했다. '누'가 누구냐고 묻는 내 말에 너는 백화점 식당가 초밥집에서 네 몫의 초밥이 마르는 것도 모르고 신나게 설명했다. '누'는 누구의 옛말이야. 의문형 인칭 대명사, 혹은 특정인이 아닌 막연한 사람을 가리키는 대명사. 그러니까 누의 자리는 공백. 누구나 들어올 수 있어. 너도 나도. 그런데 누는 언제부턴가 문헌에서 사라지고 누구만 남았어. 누의 흔적을 찾는 게 내 박사 논문 주제였지. 너는 여기서 잠시 목이 멘 듯 식어버린 말차를 한 모금 들이켰다. 한동안 누라는 단어에 집착했어. 누의 자리에 들어올 수 있는 것과 들어

올 수 없는 것에 골몰했어. 지도 교수는 국문학과가 아니라 철학과에 가야 하는 게 아니냐며 노골적으로 비아냥거렸지. 전남편도 마찬가지였어. 그는 내가 누의 자리처럼 쓸데없는 개념에 집착하는 사이 네 살이 넘었는데 아직 배변 훈련이 안 된 아이의 엄마 자리를 방치하고 있다고 비난했어. 그래놓고 자기는 주말마다 아이를 내게 맡겨두고 학교 연구실에 가 종일 논문을 쓰고 왔지. 나는 유아용 변기에 아이를 앉혀두고 그 앞에 앉아 혀 짧은 소리로 노래했어. 여기가 우리 현이 응가 자리. 여기가 우리 현이 쉬 자리. 기저귀는 아니 아니야. 침대 위도 아니 아니야. 아이가 내 재롱에 까르르 웃었고 나는 그 순간에도 오직 논문 생각에 조급해지는 내가 서러워 아이 몰래 눈물을 훔쳤어. 결국 너는 전남편보다 3년이나 늦게 학위를 받았고 그 사람과 달리 영영 교수 자리에 임용되지 못했다. 이제 나는 '누'를 고쳐 생각해. 어차피 누구도 알아주지 않는 개념이라면 내 맘대로 지어내도 되잖아? 내게 '누'는 '누구'가 아니야. '누'는 '너와 나'야. 너와 나라면 우리라는 말이 있지 않으냐고 내가 물었고 너는 예상했던 질문이라는 듯 힘주어 고개를 끄덕이고 말을 이었다. '우리'는 용량이 큰 말이야. 우리의 자리에 들어갈 수 있는 사람은 너무 많기도 하고 하나도 없을 때도 있어. 나는 우리 속에 들어간 적이 별로 없어. 누구도 나를 우리라는 이름으로 환대해주지 않았어. 네가 내 눈을 똑바로 쳐다보며 말했다. 하지만 넌 달라. 넌 나를 우리라고 불러주었어. 그런 너를 흔한 말 속에 가두고 싶지 않아. 바흐친이 그랬어. 각 단어는 서로 다른 방향의 사회적 힘들이 충돌하고 교차하는 하나의 작은 무대라고. '누'라는 무대에 오직 너와 나, 단 두 사람만 올리고 싶어. 이제 '누'는 너와 나만을 위한 단어야. 내가 그렇게 언명했어. 그 자리에서 우리는 함께 아름다운 춤을 출 거야. 그때 너의 눈빛은 얼마나 번들거렸던가. 나는 너의 열렬함이 부담스러워 팔에 솟은 소름을 조용히 쓰다듬었다.

　　너의 것도 나의 것도 아닌 '누'의 것이 된 만년필은 네가 아끼는 공책 옆에 놓였다. 여기에 누의 이야기를 기록하자. 네가 원하는 것은 학창 시절 유행했던 교환 일기 같기도 했고 동아리 방에 굴러다니던 낙적이 같기도 했다. 우리는 한동안 공동 일기에 몰두했다. 나는 지난밤 네 발이 내 종아리에 차갑게 닿아 소스라쳤던 일을 기록하고 그 옆에 '한의원에 가서 보약 한 채

지어먹자, 수족 냉증 할머니야'라고 메모를 달았다. 너는 나의 귀가를 기다리며 읽었다는 오래전에 자살한 어느 여자 시인의 시 한 편을 필사하기도 했다. 만년필에 잉크를 채워 넣고 카트리지를 세척하고 관리하는 일은 네 몫이었다. 공책을 채우는 너의 문장은 갈수록 뜨거워졌고 나의 문장은 조롱 혹은 냉소에 가까워졌다. 우리의 공동 일기장은 서서히 너만의 기록장이 되었고 그마저도 1년 전부터 기록이 뜸해졌다. '누'의 만년필은 책상 위에 방치되었다.

　　이 만년필, 제가 가져가도 될까요? 우리 희원이 유품으로요. 너의 오빠가 말했다. 카트리지 안에 잉크가 남았다면 지금쯤 바짝 말라 고체가 되었을 것이다. 나날이 건조해졌던 누의 사랑처럼. 점점 고갈되어갔던 누의 언어처럼. 만년필은 영영 쓸모없는 물건이 되어버렸을지도 모른다. 네 오빠는 저 만년필을 중고 거래 시장에 내놓을까? 저 각인은 어떻게 처리하려는 걸까? 나는 너의 서랍을 뒤져 만년필을 샀을 때 받은 케이스와 품질 보증서를 찾아 네 오빠에게 건넸다. 그에게 조금이라도 낭만적인 구석이 있어서 누의 만년필을 소중하게 간직했다가 가끔 너를 떠올리며 손에 쥐어보기를,

백지에 네 이름을 한 번이라도 끄적이길 기대하면서. 저 펜촉이 간직하게 될 마지막 기억이 누까지는 아니더라도 적어도 너에 관한 것이기를 소망하면서.

　　제비 뜨개방은 좁고 구불구불한 골목길 안쪽, 길모퉁이에 있었다. 뜨개방 주인은 네 이름을 알아듣지 못했지만(이런 가게에 손님들이 자기 이름을 까고 다니지는 않잖아요?) 내가 보여준 핸드폰 속 네 사진을 보자마자 내 신분을 확인할 생각도 하지 않고 곧바로 네가 완성해두었다는 옷을 건네주었다. 바로 입을 수 있게 실오라기도 싹 정리해두고 스팀다리미로 한 번 다려두기까지 했다고 했다. 주인은 왜 이제야 옷을 찾으러 왔는지, 혹은 왜 네가 직접 오지 않았는지 묻지 않았다. 내가 비용을 묻자 주인은 얼굴을 살짝 찡그리며 말했다. 우린 실만 팔아. 손님들이야 여기 모여서 각자 뜨고 싶은 걸 뜨는 거지. 초보면 내가 가르쳐주고 또 서로 도와주기도 하고. 너는 이 옷을 뜨는 데 필요한 흰색 면사를 그때그때 구입했고 치러야 할 남은 비용은 없다고 했다. 인사를 하고 가게를 나서려는데 주인이 날씨를 묻듯 심상하게 물었다. 잘 보냈어요? 주어도 목적어도 없는 말이었지만 나는 어쩐지 주어도 목적어도 다 알아들을 수 있었다. 신묘한 주인에게 다시 한번 고개를 숙여 인사하고 제비 뜨개방을 나왔다. 네가 네 손으로 뜬 너의 수의는 불이 붙자 한줌의 재로 변했다. 종이를 태웠을 때 나오는 가벼운 재가 아니라 너의 성격처럼 질척거리는 재였다. 불이 사그라들기 전에 '누'의 일기장을 던져 넣었다. 양철통 안에서 까맣게 변해가는 너의 수의와 공책을 바라보며 나는 너의 식은 몸을 발견한 뒤 처음으로 따뜻한 너를 만지고 싶어 울었다.

*

이번에 새로 채운 잉크는 이로시주쿠 '월야'. 달 홀로 뜬 밤처럼 시푸르고 한밤의 달처럼 서늘한 빛깔이지. 마음에 들어?

눈이 내린다
내가 할 수 있는 것이 없다
춤추며 내리는 눈송이에 서투른 창이라도 겨눌 것인가

아니면 어린 나무를 감싸 안고

내가 눈을 맞을 것인가

(중략)

열매를 맺어본 나무들은

한 아름 눈을 안고 있다

안고 있다는 생각도 없이.*

나는 눈을 안고 있을까? 너는 열매를 맺어본 적

이 있어? 누의 눈은 누가 털어주지?

누의 손장갑 꽈배기 무늬 네이비+민무늬 핑크

18,900×2＝37,800원

네이버 스마트스토어 웜씽4유

(눈오리 집게도 사고 싶지만 통장이 텅장. 다음 달로 미루

자.)

* 올라브 하우게, 『어린 나무의 눈을 털어주다』, 임선기 옮김, 봄날의책, 2017.

※참꼬막 맛있게 삶는 법

– 굵은 소금을 넣은 물에 꼬막을 넣고 빨래를 비
비듯 박박 문질러 씻는다.

– 꼬막 씻은 물이 깨끗해질 때까지 여러 번 반
복!!

– 소금물에 꼬막을 넣는다. 물 1리터당 소금 두
숟가락.

– 검정 비닐이나 은박지로 덮어 빛을 가리고 한
시간 정도 놔둔다.

– 꼬막이 푹 잠길 만큼의 물을 냄비에 넣고 끓인
다.

– 물이 끓기 시작하면 꼬막을 넣고 3분 미만!으
로 익힌다. 더 익히면 질겨짐!!!

– 이때 한 방향!으로만 물을 저으면 꼬막 살이 껍
데기 한쪽 방향에만 붙어 편하게 먹을 수 있다.

– 꼬막 까는 기구(?) 어디 가면 구할 수 있을까?
쇼핑몰 뒤져보고 없으면 서촌 꼬막 전문점에
가서 물어보기.

– 꼬막 양념장. 백종원 레시피와 박막례 할머니
레시피 중에서 뭘로 할까 고민 중.

선생님, 월요일에 태어난 아이는 예쁘고, 화요일에 태어난 아이는 축복이 가득하고, 수요일에 태어난 아이는 슬픔이 많으며, 목요일에 태어난 아이는 먼 길을 떠나게 되고, 금요일에 태어난 아이는 사랑스 럽고 친절하며, 토요일에 태어난 아이는 열심히 일하고, 일요일에 태어난 아이는 귀엽고 착하고 명랑하대요. 저는 월요일에 태어나서 얼굴이 예쁜가 봐요, 하고 우리 반 아이는 일요일의 아이처럼 명랑하게 웃었어. 넌 분명 금요일에 태어났을 거야. 난 목요일에 태어난 걸까? 만약 그 시간이 또 와준다면 누는 어느 요일에 함께 태어날까?

아니, 누는 다시는 태어나지 말자.

*

구멍은 좁고 길어야 한다. 제법 깊이 박힌 원통 속 흙을 모두 파내고 거기에 질척거리는 너의 재를 부었다. 이제 파낸 흙을 다시 채우고 흔적을 지울 차례다. 수백 년 동안 왕을 기다렸던 빈자리 한 귀퉁이가 이제 너의 자리가 될 것이다. 너는 이곳에서 왕을 따돌리고 느긋해진 한 여자와 나란히 도토리 떨어지는 소리를 들으며 휴식할 것이다. 나는 사계절 내내 이곳을 찾아와 너와 함께 산책할 것이다. 그러면 비로소 이곳은 누의 자리로 완성될 것이다.

거기 누구요?

난데없는 큰 소리에 나는 화들짝 놀라 뒤로 넘어진다. 저 멀리 큼직한 손전등 불빛이 광선 검처럼 이쪽을 향해 흔들린다.

누구야?

남자의 조명이 그믐의 어둠을 베며 이쪽으로 다가온다. 나는 빛에 쫓겨 왕비의 무덤 뒤쪽으로 몸을 숨긴다. 남자의 발소리가 적막했던 공간을 쿵쿵 울린다. 호랑이가 소를 쫓아 달려온다.

거기 누구냐니까!

누구 아니라 누. 나는 겁에 질려 눈을 질끈 감고 와들와들 떨며 중얼거린다. 누구 아니라 누라고. 우리는 누야. 여긴 누의 자리. 그러나 누의 자리는 너무 좁고 길어 너와 내가 한꺼번에 들어갈 수가 없다. 탓. 도토리가 남자의 외침보다 더 큰 소리로 떨어진다. 저 작은 것

이 먼저 굴러가 무사히 누의 자리에 당도했으면. 나는
왕비 뒤에 몸을 숨기고 조금 더 몸을 움츠려본다.

소금의 맛

신들의 언덕에서 만나요, 네가 말했고
나는 너를 만나러 언덕길을 오른다.

신들의 언덕에서 만나요, 그들의 뺨이 붉어지는
시간에, 너는 말했고 지금은 한낮. 나는 여름 정오의 햇
살을 정수리로 맞으며 보기보다 가파른 경사로를 오른
다. 길 양쪽에 푸른 가로수들이 이따금 바람결에 풍성
한 몸을 흔든다. 한여름이지만 북해도의 여름 공기는
제법 견딜 만하다.

사슴이 우리를 만나게 했다. 2018년 2월, 나의
나라에서 동계 올림픽이 한창일 때 나는 너의 나라에

있었다. 언제부턴가 나는 명절 연휴와 학교장 재량 휴업일을 낀 조금 긴 연휴가 찾아오면 어김없이 너의 나라로 도망쳤다. 너의 나라는 가까워서 비행기에서 견뎌야 하는 시간이 짧았고, 비자 없이 다녀올 수 있어서 편리했다. 특히 2월은 명절과 봄 방학이 겹치는 시기면서 해외여행 비수기라 내 나라를 떠나기에 더할 나위 없이 좋은 계절이었다. 나는 네 나라의 남쪽으로 가 내 나라보다 조금 일찍 당도하는 봄을 만나고 돌아오곤 했다. 어쩌면 봄 마중이랄까, 혹은 한 해를 시작하는 나만의 방식이었을 것이다. 온천 마을에서 산 녹차나 호지차, 공항 면세점에서 사 온 과자나 초콜릿을 건네면 동료 선생님들은 기쁘게 받으면서도, 유 선생 조상이 혹시 친일파야? 왜 이렇게 일본을 자주 들락거려? 농담을 가장하며 비아냥거렸다. 가깝잖아요. 음식이 맛있어요. 풍경이 근사하더라고요. 여러 가지 이유를 대보았지만, 일본에 남자라도 숨겨놓은 모양이지?라는 말까지 들었을 때는 더는 역한 말들을 듣고 싶지 않아 몰래 떠났다 몰래 돌아왔다.

　　설 연휴와 봄 방학과 동계 올림픽이 겹쳤던 그해 2월 나는 교토 외곽의 작은 호텔 방에서 저녁마다 캔 맥주를 마시며 올림픽 중계방송을 보았다. 캐스터의 말과 화면 아래쪽 자막을 조금도 이해하지 못했지만, 대충 알아볼 수 있는 국기들을 달고 각자의 경기에 임하는 사람들의 모습은 별다른 감정의 동요 없이 지켜보기에 좋았다. 그러니까 나의 행위는 관전이라기보다는 구경이었다. 설 연휴의 마지막 날인 일요일에 스피드 스케이팅 500미터 결승전이 있었다. 너의 나라 선수 팀 주장인 고다이라 나오 선수와 나의 나라 이상화 선수가 세기의 라이벌전을 치른다며 며칠 전부터 떠들썩하게 이목을 끌었던 경기였다. 고다이라 나오 선수는 1000미터 경기에서 안타깝게 놓친 금메달을 이 경기에서 반드시 손에 넣어야 했고 이상화 선수는 이 종목에서 올림픽 3연속 금메달 획득이라는 희대의 기록을 세워야 했다. 그날 나는 평소 딱 한 캔만 마시는 맥주를 두 캔이나 먹었을 만큼 그 경기를 집중해서 보았다. 그것은 구경이 아니라 관전이었다. 경기는 기다린 시간에 비해 어이없을 정도로 빨리 끝났다. 선수들 입장에서는 수년간 준비하고 기다려온 경기일 텐데 고작 몇 초 차이로 승부가 결정된다고 생각하자 나도 모르게 몸서리가 쳐졌다. 너의 나라 아나운서가 흥분한 목소리로 뭐라 뭐라 말하는 사이 고다이라와 이상화가 동시에 결승선을 넘었다. 나로선 '동시에'라고 밖에 말할 수 없을 정도로 누가 먼저 들어왔는지 맨눈으로는 도저히 식별이 안 되었는데, 너의 나라 아나운서가 숨이 넘어갈 정도로 흥분하는 소리를 듣고서야 나는 고다이라 선수가 이겼구나, 하고 알았다. 잠시 후 고다이라가 너의 나라 국기로 어깨를 감싸고 트랙을 돌며 관중석을 향해 인사했다. 이상화는 봉에 매단 태극기를 들고 트랙을 돌다 어느 순간 복받친 울음을 터뜨렸다. 그 울음은 분함이나 안타까움이라기보다는 지나온 시간에 대한 소회에 가까워 보였다. 아주 길고 깜깜한 터널을 무사히 통과한 이만이 보일 수 있는 긍지의 절정이랄까. 고다이라가 다가와 이상화를 안아주었다. 두 사람은 함께 어깨를 감싸 안고 트랙을 돌며 무슨 말을 주고받는 것 같았는데, 이 장면은 '국경을 초월한 우정'이라는 제목을 달고 곳곳으로 퍼져나갔다.

다음 날인 월요일 오진에 니는 나라현 동대사로 갔다. 규모가 웅장하지만 오래된 것 특유의 수굿함을 간직한 절은 천천히 거닐며 구경하기에 좋았다. 나는 관광객 무리에 섞였다가 빠져나오기를 반복하며 불당 안을 흘끔거리고 정원의 나무들을 보았다. 연기가 포르르 피어오르는 향로 앞에 서서 참배하지는 않았다. 나의 목적은 참배가 아니라 구경이었으니까. 게다가 내겐 어떤 신을 향해서든 기원의 말을 건넬 일이랄 게 없었다. 그시절 내겐 바라는 게 없었다. 아니, 바라는 게 있다 해도 바라는 행위의 효용을 믿지 않았다. 절의 경내 어디에나 사슴이 있었다. 사슴들은 나와 달리 뭔가를 바라는 표정으로 관광객들과 눈을 마주쳤다. 구경을 마치고 다시 절 입구로 나왔을 때 사슴들이 바라는 게 뭔지 알 수 있었다. 진입로에 사슴용 전병을 파는 수레가 일정한 간격을 두고 늘어서 있었다. 사람들이 전병을 사서 사슴들에게 먹였다. 누군가 전병을 사면 사슴들이 용케 알고 삼삼오오 무리를 지어 다가왔다. 사람이 전병 봉지를 들고 있으면서도 쉽게 내주지 않는 것 같으면 사슴들은 주둥이로 사람의 손이나 옆구리를 툭툭 쳤다. 와, 완전 깡패네. 가까운 곳에서 어떤 남자애가 한국어로 말했다. 남자애는 봉지를 머리 위로 한껏 치켜든 채 커다란 사슴 세 마리에게 둘러싸여 있었는데, 계속 전병을 내놓지 않다가 가장 몸집이 큰 사슴에게 엉덩이를 세게 맞았다. 신기하게도 어떤 사슴도 전병을 파는 수레를 향해 직접 먹이를 요구하지는 않았다. 주둥이가 닿고도 남는 자리에 전병이 수백 장 쌓여 있는데도 사슴들은 수레를 건드리지 않고 오직 전병을 산 사람만 노렸다. 이 나라에서 사슴은 신처럼 여겨진다는데, 저 정도의 눈치를 갖췄다면 과연 영묘하다고 말할 수 있겠군. 나는 이런 생각을 하며 천천히 동대사에서 사슴 공원 방향으로 걸음을 옮겼다.

풀밭이 끝없이 펼쳐졌다. 어디에나 사슴이 있었다. 나무 아래 주저앉아 그늘을 즐기는 사슴도, 완만한 경사의 풀밭을 천천히 거니는 사슴도, 사람과 자동차가 간간이 지나다니는 포장도로 위를 스스럼없이 걷는 사슴도 있었다. 내 손에 전병이 없다는 걸 일찌감치 알아챘는지 어떤 사슴도 내게 눈길을 주지 않았다. 나는 공기에 섞인 쌉싸래한 그들의 냄새를 맡으며 이정표도 무시하고 계속 한 방향으로 걸었다. 얼마나 갔을까. 문득 주위를 둘러보니 사람도 사슴도 건물도 보이지 않는 구간에 들어서 있었다. 오직 양옆으로 푸른 풀밭만 펼쳐져 있었다. 뭐가 나올지 내처 가볼까? 아니면 이쯤에서 걸음을 돌려야 할까? 걸음을 멈추고 망설이고 있는데 저 앞에 난데없이 사슴 한 마리가 나타났다. 어린 티를

벗지 못한 작은 꽃사슴이 가만히 서서 나를 보았다. 사슴은 따라오라는 듯 고개를 돌리고 걸음을 옮기기 시작했다. 영묘한 어린 신을 따라 나는 무작정 걸었다. 또 한참을 걸었을 때 저 앞에 살림집인지 영업용인지 잘 구별이 되지 않는 2층 건물들이 나타났다. 건물들은 사슴처럼 느닷없이 나타났다. 그 앞에서 사슴이 걸음을 멈추고 다시 내 쪽을 돌아보았다. 나도 사슴을 보았다. 사슴에게도 표정이라는 게 있다면 그건 분명 심부름을 무사히 마친 어린아이의 뿌듯한 얼굴이었다. 사슴은 곧 왼쪽으로 몸을 돌리더니 완만한 경사의 풀밭으로 들어갔다. 가뿐한 걸음으로 멀어지는 사슴의 꽁무니를 한참 바라보다가 문득 눈앞의 건물을 올려다보았다. 주황색 지붕을 얹은 건물 2층에 'coffee'라고 쓰인 작은 간판이 보였다. 순간 맹렬히 커피가 마시고 싶어졌고, 오직 커피를 찾아서 이 먼 길을 온 것이라 믿어버렸다.

　　너는 카페 안에 혼자 있었다. 카운터 뒤에 서 있던 네가 문을 열고 들어서는 나를 향해 활짝 웃으며 인사했다. 너의 나라말로 아마도 '어서 오세요'라는 뜻이었을 것이다. 나는 유튜브에서 찾아본 실전 일본어 영상을 떠올리며 너의 나라말로 좋은 아침입니다, 하고 인사했지만, 다시 생각해보니 아침이 훌쩍 지난 시간이었다. 네가 살짝 웃자 왠지 당황한 나는 얼른 커피를 주문했다. 아메리카노. 핫. 네가 제대로 알아듣지 못한 것같아 나는 또 유튜브에서 본 실전 일본어를 또박또박 발음했다. 고히. 호또. 너는 아까보다 더 활짝 웃었다. 서투르게 동전을 세어가며 커피값을 치르고 네가 커피를 만드는 동안 나는 카페 안을 둘러보았다. 원목 색깔을 그대로 살린 커다란 테이블이 하나 있고 그보다 작은 테이블이 또 하나 있었다. 작은 테이블에는 하늘색 깅엄 체크무늬 테이블보가 덮여 있었다. 카페 한가운데에는 하얀 등유 난로를 중심으로 각기 다른 의자와 스툴이 둥글게 모여 있었다. 전부 다른 모양과 재질의 의자와 스툴이 난로 주위에 모여 소곤거리는 것처럼 보여서 전체적인 분위기가 카페라기보다는 방과 후 교실 같았다. 사진을 찍어도 되겠습니까? 나는 커피를 만들고 있는 너에게 영어로 물었다. 너는 고개만 돌리고는 얼마든지요, 하고 영어로 대답했다. 큼직한 유리창 너머로 2월 한낮의 햇살이 수줍게 넘어 들어와 제비꽃 색깔 천 소파에 고이고 있었다. 안온한 햇볕과 등유 난로가 함께 보이는 풍경에 나는 잠시 계절 감각을 잊었다.

내가 입고 있는 패딩이 어색하게 느껴질 정도로 이곳은 벌써 봄이었다. 2월의 봄이라니 사슴만큼 영묘하다고 생각하며 나는 햇살이 내려앉은 소파를, 공간의 중심인 난로를, 창틀에 놓인 유리 화병을 사진에 담았다. 소파 뒤쪽에 가로형 책꽂이가 벽을 따라 길게 놓여 있었다. 책꽂이 앞으로 다가가 무릎을 굽히고 앉아 책들을 구경했다. 대다수가 너의 나라 언어로 된 책이었지만 영어 원서가 몇 권 눈에 들어왔다. 책등을 자세히 살펴보는데 아는 이름이 하나 보였다. 나는 퍼트리샤 하이스미스의 낡은 페이퍼백 책을 꺼내 표지를 확인했다. 『The Price of Salt』. 소금의 값이라고?

　　네가 쟁반에 커피를 받쳐 들고 내 쪽으로 다가왔다. 나는 책을 든 채로 일어나 잠시 망설이다가 등유 난로 둘레에서 등받이가 가장 높은 앤틱 의자를 골라 앉았다. 네가 그 옆의 사각형 나무 스툴에 커피를 내려놓았다. 나는 네 눈앞에 책을 들어 보이며 읽어도 됩니까? 영어로 물었다. 얼마든지요. 네가 영어로 대답했다. 너는 카운터로 돌아갔고 나는 네가 만든 커피를 한 모금 마시고 너의 나라 언어로 말했다. 맛있어! 네가 작게 웃는 소리가 들렸다. 아주 조그만 은종 세 개가 딱 1초

짤랑이는 것 같은 소리였다. 나는 너를 향해 다시 맛있어요, 감사합니다, 영어로 말했다. 고맙습니다. 너는 너의 나라 언어로 말하고는 다시 어디에서 왔습니까? 영어로 물었다. 코리아. 내 대답에 너는 올림픽, 하고 말했다. 나는 고다이라 나오 선수의 금메달 획득을 축하합니다, 하고 말했다. 양국의 이목이 한껏 집중되었던 경기였으니까 너도 당연히 중계방송을 봤거나 경기 결과를 알고 있으리라 생각했다. 하지만 너는 내 말에 고개를 갸웃했다. 내가 다시 고다이라 나오, 하고 말하자 너는 그 사람이 금메달을 땄습니까? 물었다. 나는 핸드폰을 꺼내 트위터에 올라온 전날 경기 하이라이트 영상을 찾아 너에게 보여주었다. 너는 고다이라 나오와 이상화가 각자 국기로 몸을 감싸고 서로를 끌어안은 장면을 말없이 응시했다. 너는 내게 핸드폰을 돌려주며 자신은 스포츠를 잘 모르지만 꽤 감동적인 영상이라고 말했다. 왠지 멋쩍어진 나는 핸드폰을 받아 들고 얼른 내자리로 돌아왔다. 그리고 커피를 마시며 창밖을 보는 척했다. 잠시 후 네가 비스킷 두 조각을 접시에 담아 왔다. 너는 사각형 스툴에 비스킷 접시를 내려놓고 내 의자에서 한 칸 떨어진 둥근 스툴 위에 앉았다. 대화를 좀 더 나누자는 뜻인가? 나는 올림픽 이야기는 더 할 수 없을 것 같아 괜히 하이스미스의 책을 들었다. 이것은 당신의 책입니까? 너는 고개를 한 번 끄덕했다. 재미있습니까? 역시 고개를 끄덕했다. 무슨 이야기입니까? 너는 조금 생각해보더니 혹시 영화 〈캐롤〉을 보았느냐고 물었다. 네 입에서 '캐롤'이라는 말이 나오는 순간 나는 백화점 진열장 위에 내려놓은 캐롤의 장갑과 크리스마스 대목을 맞아 테레즈가 써야 했던 붉은 산타 모자를 떠올렸다. 보았습니다. 한국에서 꽤 인기가 있었습니다. 너는 다행이라는 표정을 짓더니 이 책이 영화의 원작 소설이라고 말했다. 『소금의 값』이요? 내가 필요 이상으로 눈을 크게 뜨고 화들짝 놀라자 너는 또 조그만 은종 세 개가 딱 1초 짤랑이는 소리로 웃었다.

*

  신들의 언덕에서 너와 나는 처음으로 입을 맞췄다. 개와 늑대의 시간, 매직 아워였다. 2월의 북해도는 날이 일찍 저물기 시작했다. 언덕 위에 도열한 신들의 사원마다 노을을 받아 뺨을 붉혔다. 아직 볕이 있을 때 우리는 두툼한 방수 부츠를 신고 눈밭을 걸었다. 거리에 늘어선 여러 사원을 전부 다니려면 시간이 모자랐다. 이 도시는 너의 나라에서 가장 먼저 개항한 항구 중 하나로 오래전 선교사들이 지어놓은 다양한 건축 양식의 교회가 지금껏 남아 있었다. 너는 러시아 정교회에서도, 프랑스 가톨릭교회나 영국 성공회 교회, 일본의 신사, 절에서도 사원마다 다르게 섬기는 신 앞에 두 손을 모으고 서서 눈을 감고 기도했다. 내가 스테인드글라스 창문이나 하얀 회벽에 박힌 나무 십자가, 신사 입구의 붉은 도리이를 구경하며 사진이나 찍는 사람이었다면 너는 어디서나 간절히 기도하는 사람이었다.

하코다테 여행을 제안한 사람은 너였다. 사슴의 인도로 너를 만난 후 너의 나라로 떠나는 나의 여행은 네가 사는 곳을 방문하는 것으로 굳어졌다. 나는 너의 카페에 앉아 책을 읽고 커피를 마셨다. 손님이 많으면 설거지를 거들기도 했고, 손님이 끊기면 일찍 문을 닫고 주변의 사슴 공원을 천천히 함께 걸었다. 하루 정도 카페 문을 닫고 교토와 나라의 '현지인만 아는 숨은 명소'를 찾아가기도 했다. 나는 네가 소개하는 너의 주변을 기쁘게 음미했다. 너에 관해서라면 뭐든 알고 싶어

매번 조바심이 났다. 그러나 네가 어떤 사람인지 대놓고 물어볼 수는 없어서 나는 공연히 커피는 산미가 있는 게 좋습니까, 없는 게 좋습니까? 영국 작가의 소설을 좋아합니까, 남미 작가의 소설을 좋아합니까? 프랑스 영화를 좋아합니까, 일본 영화를 좋아합니까? 당신도 이와이 슌지의 영화를 좋아한 적이 있습니까? 봉준호 감독을 압니까? 이런 것들을 물어보며 너의 주변부를 탐색했다. 퍼트리샤 하이스미스는 왜 소설 제목을 '소금의 값'이라고 지었을까요? 이런 질문을 던진 날엔 교토의 와인바에서 술을 마시고 있었다. 너와 나는 둘 다 완벽하지 않은 영어로 오래오래 대화를 나누는 데 익숙해져갔다.

하이스미스는 이 제목을 성경에서 따왔다고 말했습니다. 하지만 구체적인 출처는 밝히지 않아서 많은 이들이 추측만 할 뿐이지요. 우선, 소돔과 고모라에서 달아나던 롯의 아내가 절대 뒤돌아보지 말라는 신의 말을 어기고 문득 뒤를 돌아보았다가 소금 기둥이 되어버렸다는 이야기에서 떠올린 제목이라는 설이 하나 있습니다. 또 "너희는 세상의 소금이니 소금이 만일 그 맛을 잃으면 무엇으로 짜게 하리요. 후에는 아무 쓸데없이 밖에 버려져 사람에게 밟힐 뿐이니라"는 「마태복음」 5장 13절에서 따왔다는 설도 있고요.

너의 말에 나는 롯의 아내는 왜 뒤를 돌아보았을까요? 하고 불쑥 물었다. 너는 한참 생각한 끝에 말했다. 자기 자리를 떠나고 싶지 않았던 게 아닐까요? 이곳에서 저곳으로 건너가는 일은 언제나 큰 용기가 필요한 법이니까요. 당신은 어떻게 생각합니까? 너의 물음에 나는 그냥 뒤돌아보고 싶어서 돌아본 거 아니겠어? 자동 반사처럼? 생각했지만, 왠지 멋없는 대답 같아서 대신 이렇게 말했다. 의심했기 때문이 아닐까요? 조금 전까지 자신이 일구어온 터전이던 곳이 신의 저주로 멸망한다는 사실을 믿을 수 없어서, 두 눈으로 똑똑히 보고 싶었던 게 아닐까요? 비록 그게 벌을 받는 일이 될지라도요.

마스터가 추천하는 레드와인을 세 잔째 청하고 나서 나는 두 가지 설 중 어느 쪽이 하이스미스의 의도에 가깝다고 생각합니까? 네게 물었다. 너는 이번에도 한참을 생각해보다가 대답했다. 하이스미스가 소금 기둥이 되어버린 롯의 아내를 떠올렸다면 그것은 소설 속 캐롤과 테레즈의 고통에 집중했기 때문이겠지요. 만약

「마태복음」 구절에서 제목을 따온 거라면 고통보다는 사랑에 초점을 맞췄기 때문이 아닐까요? 소금은 짜야 한다. 그게 소금의 값이고 소금의 대가이다. 캐롤과 테레즈의 입을 빌리면 이런 말이 되겠지요. 이 사랑은 고통이다. 그게 이 사랑의 값이고 대가이다. 소금은 짜서 소금이고 이 사랑은 고통이지만 끝내 사랑이다.

나는 와인을 크게 한 모금 들이켜고 풀려가는 눈으로 너의 눈을 바라보며 중얼거렸다. 그런 게 진짜 사랑이라면 나 따위는 감히 사랑할 수 없겠다. 그저 떠나온 자리나 돌아보다가 소금 기둥이 되는 벌을 받고 산산이 부서지겠다. 너는 내 말을 알아듣지 못했다. 이 말만은 비겁하게 내 나라말로 해버렸으니까. 네가 다시 한번 말씀해주시겠어요? 격식 차린 영어로 물었다. 나는 뜨거운 입김으로 한숨을 푹 쉬고 영어로 대답했다. 나는 아픈 게 싫어요. 네가 눈으로만 웃었다.

그때쯤 우리는 늦도록 함께 술잔을 기울이는 일을 반복했지만, 술집에서 나오면 너는 집으로 나는 호텔로 각자 돌아갔다. 너는 이것이 당연한 일인 듯 굴어서 나는 한 번도 집으로 돌아가는 너를 붙잡지 못했다. 술기운으로 따끈해진 몸을 하고 호텔로 돌아갈 때마다 나는 네가 잡힐 듯 잡히지 않는 우물 속 달 같다고 생각했다. 우리는 어떤 사이입니까? 혼잣말로 물어보기도 했다. 깨끗하게 세탁한 호텔 침구로 몸을 감싸고 있어도 온몸에 소금 알갱이가 묻은 것 같은 까끌까끌함을 느끼며 밤새도록 뒤척였다. 그렇게 꼬박 2년 동안 너와의 만남을 반복하면서 내 마음은 소금밭처럼 황폐해졌다. 역시 이런 이상한 만남은 그만두는 게 좋지 않을까, 생각하던 즈음에 네가 먼저 하코다테 여행을 제안했다. 나는 인천 공항에서 너는 간사이 공항에서 비행기를 타고 네가 너의 나라에서 가장 좋아하는 도시로 여행을 떠나자고, 온갖 신들이 도열한 언덕을 함께 오르자고 너는 이메일에 썼다.

모든 사원을 공평하게 방문하고 다시 바다가 내려다보이는 언덕길 위쪽으로 돌아왔을 때 날이 저물기 시작했다. 코로나바이러스가 막 퍼지기 시작했을 때였다. 2020년 2월의 하코다테에는 마스크를 쓰고도 여행의 들뜬 기분을 숨기지 못하는 관광객들과 또 한차례의 혹독한 겨울을 잠잠히 통과하는 현지인들이 절반씩 섞여 있었다. 걸음을 멈추고 바다가 보이는 언덕길을 카메라에 담는 사람들이 점점 늘어났다. 나도 핸드폰을

꺼내 매직 아워의 거리 풍경을 사진으로 찍었다. 너를
조금 아래쪽에 서게 하고 네가 중심인 풍경도 담았다.
빛이 사위어갈수록 카메라 앱의 초점 창이 하얀 너를
쉽게 잡아냈다. 흰색 패딩을 입어 온통 하얀 네가 소금
기둥으로 보여 순간 내 가슴이 덜컥 내려앉았다. 나는
핸드폰을 내리고 맨눈으로 너를 보았다. 네가 나를 향
해 손을 흔들었다. 나는 어쩐지 코끝이 매워져서는 서
둘러 핸드폰을 다시 들고 네 모습을 맘껏 찍었다. 네가
언덕을 다시 올라와 내 사진을 찍어주겠다고 했다. 나
는 사진 찍히는 걸 좋아하지 않는다고 말했다. 너는 두
번 청하지는 않았지만 어쩐지 쓸쓸한 얼굴을 했다. 괜
스레 미안해진 나는 화제를 돌리려고 불쑥 물었다. 사
원마다 다니며 무슨 기도를 했습니까? 너는 눈이 반달
모양이 되는 특유의 웃음을 지으며 고개를 돌렸다가 마
스크 쓴 입을 내 귀에 바짝 들이대고 속삭였다. 당신의
이름을 불렀습니다. 나는 멍청한 얼굴로 너를 보다가
마스크를 벗고 너에게 키스했다. 아니, 그걸 키스라고
말할 수 있을까? 내 입술에 닿은 것은 네 입술이 아니라
너의 마스크였으니까. 아니, 그것은 키스였다고 믿는
다. 얇은 마스크를 사이에 두고 내 입술은 분명히 너의

입술을 감각했으니까. 나의 돌연한 행동에 놀랐는지 너는 잠시 소금 기둥처럼 하얗게 굳었지만 곧 나를 와락 끌어안았다. 푹신한 패딩 사이로 나의 가슴이 너의 가슴을 감각했다.

　　우리는 근대의 은행 건물을 개조한 호텔에 묵었다. 계단과 복도는 오래전 은행의 사무적인 분위기를 간직하고 있었지만, 복층 구조로 된 객실은 아담하고 아늑했다. 우리는 위층의 욕실에서 차례차례 씻고 내려와 아래층 침대에 나란히 누웠다. 그 공간에서 나는 밤새도록 너라는 몸을 탐색했다. 네 몸의 곡(曲)마다 곡(谷)이 되어 나를 깊이 끌어당겼다. 나는 너의 등고선을 측정하고 너의 카르스트와 칼데라를 가늠했다. 나라는 탐험가를 상대하느라 너는 정작 내 몸을 제대로 살피지 못했을 것이다.

　　열여섯 살에 엄마가 죽었어. 2층 베란다에 빨래를 널려고 좁은 계단을 오르다가 갑자기 쓰러졌어. 빨래 바구니가 엄마보다 한 박자 늦게 계단을 굴렀어. 엄마는 축축한 빨래를 뒤집어쓴 채 눈을 감았어. 장례식을 치르고 온 날 조문객들에게 저녁을 대접했어. 좁은

집 안 어디에나 사람들이 앉아 밥을 먹고 술을 마셨어. 평소 사교성이 좋은 아빠 손님이 제일 많았어. 정작 엄마 손님은 별로 없었지. 엄마는 사근사근한 성격이 아니었거든. 아빠의 동창들과 직장 동료들이 내조의 여왕이었다고 엄마를 치켜세웠어. 그 남자들이 실제로 엄마를 만나본 적이나 있는지 나는 의심스러웠어. 그들이 내세운 근거라곤 아빠의 잦은 야근과 출장, 주말의 외출에 대해 엄마가 한 번도 싫은 내색을 하지 않았다는 사실이었지. 결국 그들은 엄마를 애도한 게 아니라 아빠를 위로했던 거야. 엄마는 아빠한테도 나한테도 다정한 사람은 아니었어. 나는 그게 좀 불만이었고 사춘기를 통과할 때는 엄마가 나를 미워한다고도 생각했지. 하지만 자신의 장례식에서조차 애도의 주인공이 되지 못하는 엄마의 영정 사진을 보고 있으려니 이런 생각이 들었어. 엄마는 이 집에서 가장 많은 시간을 보냈지만 누구보다 쓸쓸한 사람이었겠다고. 눈물이 나올 것만 같아 얼른 부엌으로 도망쳤어. 부엌에서 부지런히 음식을 만들고 내가는 친척 아주머니들 사이에 끼어 일을 거들었어. 그런데 다들 양념이나 그릇이 어디에 있는지 몰라 우왕좌왕했어. 부엌은 오로지 엄마의 공간이었던 거

야. 나는 아주머니들이 무엇인가 찾을 때마다 곧바로
알려주지 못하는 내가 미웠어. 조문객들이 하나둘 집
으로 돌아가고 부엌을 지키던 아주머니들이 거실 상을
차지하고 앉아 늦은 식사를 시작했어. 부엌에는 어느
새 나 혼자 남았어. 나는 물끄러미 부엌 창 너머로 어둠
을 응시했어. 여름밤이었어. 향 연기와 모기향 연기가
뒤섞여 자욱했어. 나는 식탁 앞에서 일어나 부엌 창문
을 반쯤 열었어. 그때 어둠 속에서 작고 파란 어떤 것이
포르르 날아와 부엌 창틀에 내려앉았어. 참새를 닮았지
만 등과 날개가 온통 파랬어. 파랑새인가? 나는 중얼거
렸어. 그것은 내가 가까이서 들여다보고 있는데도 달아
날 생각을 하지 않았어. 나는 한참을 그것과 눈을 마주
쳤어. 그리고 나도 모르게 물었지. 엄마야? 파랑새는 창
틀 위에서 딱 두 걸음 폴짝거리더니 왔을 때처럼 가볍
게 어둠 속으로 사라졌어.

　　네가 들려주는 엄마의 이야기가 내 등을 타고
귓속으로 흘러들었어. 네가 말할 때마다 네 안의 대롱
을 통과하는 공기가 내 몸에 진동했어. 지형이었던 너
의 몸이 어느새 악기가 되어 내 몸까지 울렸어. 너는 보

드랍고 따뜻한 어린 새처럼 내 살에 대고 날개를 퍼덕거렸다. 그것은 아마 유리새였을 것이다. 칠보처럼 푸른빛 날개를 가진 작고 아름다운 새. 그 새는 정말로 너의 엄마였을까? 너는 내 의문을 감지한 듯 내 등에 턱을 세 번 쿡쿡쿡 찧었다. 그 새는 집 주변에서 한 번도 본 적 없는 희귀한 새였고, 늦은 밤 사람들이 잔뜩 모여 있는 집에 겁 없이 날아드는 새가 있을 리도 없잖아. 그것만으로 충분한 증거일까? 나는 속으로 의심했다. 너는 내 의문을 간파한 사람처럼 덧붙였다. 그 새가 엄마라는 확실한 증거가 있어. 새가 날아오기 전 부엌에 혼자 앉아 내가 뭘 하고 있었는지 알아? 나는 속으로 몇 번이나 엄마를 불렀어. 엄마. 엄마. 엄마. 보고 싶어요. 그 새는 기적이 아니라 간절한 부름에 대한 응답이었던 거야. 나는 누운 채로 몸을 돌려 너를 마주 보았다. 네 눈에 눈물이 고여 있었다. 나는 너의 눈시울에 입을 맞추고 그 맑고 따뜻한 물을 새처럼 받아 마셨다. 그러니까 나는 기도의 힘을 믿어. 너는 이렇게 중얼거리고 곧 내 가슴 사이에 얼굴을 묻은 채로 잠들었다. 나는 너의 정수리에 턱을 올리고는 너를 좀 더 힘주어 끌어안았다. 네 입에서 잠꼬대 같은 흐느낌이 흘러나왔다. 그날 나는 잠든 너를 안고 한숨도 잘 수 없었다. 너의 간절한 부름을 생각했다. 내가 부를 이름들을 생각했다. 너의 몸을 탐색하는 사이 교묘하게 감추었던 내 몸을 생각했다. 임신 중 급격하게 체중이 늘어나면서 허벅지와 엉덩이 아래쪽에 새겨진 튼살을, 치골 바로 위쪽에 생긴 한 뼘의 제왕절개 수술 자국을. 조산으로 태어난 아이는 1년을 채 못 살고 떠났다. 아이는 유리새처럼 작고 따뜻했다. 너처럼 간절하게 불렀더라면 아이도 새든 뭐든 어떤 몸을 빌려 잠시 나를 보러 와주었을까?

*

  하코다테에서 보낸 일주일 동안 우리는 연인이었다. 너의 도시에서도 나의 도시에서도 할 수 없었던 일이 그 도시에서는 가능했다. 아침 일찍 시장에 찾아가 신선한 해산물 덮밥을 먹고 세 가지 언어로 맛있어!를 연발했다. 네가 내리는 커피보다는 맛이 없었지만, 항구 특유의 습기가 고인 커피 향을 맡으며 카페 창 너머로 정박 중인 배를 구경했다. 유명한 치즈 수플레를 서로 떠먹여주었다. 눈밭에 한 사람의 발이 빠지면 꺼내주는 척하며 끌어당겨 안았다. 한 그릇의 청귤 소바를 나눠 먹으며 까르르 웃었다. 걸핏하면 서로의 뺨을 어루만졌다. 로프웨이를 타고 하코다테산에 올라가 야경을 보았다. 하늘에 불꽃놀이가 펼쳐졌던 날에는 저 멀리 검은 물 위로 주황색 불꽃이 밤의 태양처럼 쏘아올려질 때마다 입을 맞추었다. 그런 우리를 이상한 시선으로 흘끔거린 사람들이 있었는지 모르지만, 우리는 오직 상대방만 보느라 다른 시선은 알아볼 수 없었다. 신들의 언덕 아래에서 우리는 인간끼리 맘껏 사랑했다.

신치토세 공항에서 우리는 헤어졌고 다시는 만나지 못했다. 팬데믹이 시작되면서 하늘길이 끊겼다. 그러나 우리가 만나지 못했던 것이 단지 코로나 때문이었을까? 우리의 사랑이 오직 그 도시에서만 가능했다는 사실이 균열의 시작은 아니었을까? 나는 의심하며 내 나라의 팬데믹 시절을 힘겹게 지나갔다. 어쩌면 우리는 다시 만나지 못해서 제대로 헤어지지도 못하는 거라고 가끔씩 생각하면서.

코로나 시국의 교육 현장은 소금밭보다 더 황폐했다. 교육청 방침이 하루가 다르게 바뀌었고 현장의 교사들은 방침에 맞게 실무를 조정하느라 지쳐갔다.

비대면 수업과 대면 수업을 일주일씩 번갈아 치르느라 수업안을 이중으로 짜야 했고 최전선에서 학생들을 지켜야 한다는 책임감 때문에 연일 긴장 상태로 지내야 했다. 학년에서 확진자라도 나오면 불안에 떠는 다른 학생들과 학부모를 달래는 한편 일주일에 몇 번씩 선별 진료소를 찾아가 PCR 검사를 받아야 했다. 하루 업무를 마치고 늦은 밤 겨우 잠자리에 들라치면 온몸이 소금 알갱이로 산산이 부서지는 악몽에 시달렸다.

꽤 오랜만에 네가 메일을 보내왔다.

관광객이 사라지자 먹이가 부족해진 사슴들이 주택가로 내려와 쓰레기통을 뒤지고 있어. 이곳에서 사슴은 신으로 추앙되어왔는데, 팬데믹이 신들의 권위를 쓰레기통에 처박았어. 우리의 사랑을 목격했던 하코다테 언덕의 신들도 지금 먹이를 찾아 언덕을 내려오고 있을까? 당신이 보고 싶어요.

이날은 몸이 젖은 빨래처럼 무거웠는데도 쉬이 잠들지 못하고 뒤척였다. 몸에 닿는 이불이 밤새도록 까끌거렸다. 나는 네가 보낸 메일을 지우고 휴지통까지 말끔히 비웠다. 나는 답장하지 않았다. 그렇게 또 1년이 흘렀다. 그사이 내가 맡은 학급에 확진자가 열 명이나 나왔고 동료 교사들 가운데서도 확진자가 나왔다. 애써 버텨왔던 둑이 한순간 툭 하고 무너지는 기분이었다. 네가 보낸 메일을 지우지 말걸 생각했다. 당신이 보고 싶어요. 이 문장을 눈으로 확인하고 싶었다. 동시에 나의 비겁함이 미웠다. 나의 마음이 전해진 걸까? 너는 오랜만에 메일을 보내왔다. 나는 빈 교실에 혼자 앉아 노트북으로 너의 메일을 열었다. 네가 보낸 메일은 온통 너의 나라 언어로 되어 있었다. 한 글자도 알아볼 수 없었다. 해독 불가한 문장들이 튀어 올라 나의 뺨을 때리는 것만 같았다. 나는 한참 후에야 번역기를 떠올렸다. 네가 보낸 문장들을 복사해 번역기에 넣고 나의 나라 언어로 변환시켰다.

테레즈의 입술은 벌어져 말할 수 없었지만 그녀의 마음은 너무 멀었다. 그녀의 마음은 먼 지점에 있었고, 먼 소용돌이가 어둑어둑 빛나고 있는 무서운 방 안에서 두 사람이 필사적으로 싸우는 것처럼 보이는 현장에 번뜩이고 있었다. 그녀의 마음이 소용돌이치고 있는 곳에서 그녀는 절망이 그녀를 두렵게 하고 다른 것은 아무것도 없다는 것을 알고 있었습니다. 그것은 로비체크 부인의 병든 몸과 가게에서의 일, 트렁크 속의 드레스 쌓기, 추함, 그리고 그녀의 삶의 끝이 완전히 구성되어 있는 절망이었다. 그리고 내가 되고 싶었던 사람이 되고 싶은 일을 한다는 내 자신의 절망감입니다. 그녀의 삶은 꿈에 불과했을까, 그리고 이는 현실이었을까. 늦기 전에 드레스를 벗어 던지고 도망치고 싶어진 것은 절망의 공포였고 사슬이 그녀 주위에 떨어져 자물쇠가 잠기기 전이었습니다.

이미 늦었을 수도 있어요. 악몽처럼 테레즈는 하얀 슬립을 입고 방에 서서 떨고 움직일 수 없게 됐다.

개별의 단어는 알아볼 수 있었지만 어떤 문장도 말이 되지 않았다. 문장과 문장 사이는 심하게 어긋나 있었고 문장과 의미가 닿지 못하고 불화했다. 문단 전체가 허술하게 삐걱거렸다. 이게 과연 무엇인가? 너는 어쩌자고 이런 문장들을 너의 나라 언어로 써서 내게 보냈는가? 세 번쯤 읽었을 때 비로소 깨달았다. 이것은 너의 카페에 꽂혀 있던 『소금의 값』 원서의 도입부 일부였다. 나는 마음이 급해져서 얼른 인터넷 서점에 들어가 『소금의 값』 영어 원서와 우리말 번역서 『캐롤』을 전자책으로 샀다. 그리고 네가 보내준 부분을 각각 찾아보았다. 우선 영어 원서에서 그 부분을 찾아 번역기에 넣고 돌렸다.

테레즈는 입을 열었지만 마음은 너무 멀었다. 그녀의 마음은 아득한 지점에 있었고, 희미한 불빛이 비치는 무시무시한 방에서 벌어지는 먼 소용돌이에 있었다. 두 사람이 필사적으로 싸우고 있는 것 같았다. 그리고 그녀의 마음이 소용돌이치는 순간, 그녀는 절망감이 그녀를 두렵게 한다는 것을 알았다. 다른 것은 아무것도 아니었다. 그것은 로비체크 부인의 병든 몸과 가게에서 하는 일, 트렁크에 쌓인 드레스, 그녀의 추악함, 그리고 그녀의 삶의 끝자락에 대한 절망이었다. 그리고 그녀가 되고 싶었던 사람이었던 것, 그리고 그 사람이 할 일을 했던 것에 대한 그녀의 절망감. 그녀의 모든 삶은 꿈일 뿐이었고, 이것이 진짜였을까요? 더 늦기 전에 옷을 벗고 도망가고 싶게 만든 것은 이 절망에 대한 공포였다. 쇠사슬이 그녀 주위에 떨어져 잠기기 전에 말이다.

이미 너무 늦었을지도 몰라. 악몽에서처럼, 테레즈는 하얀 슬립을 입은 채 방 안에 서서 몸을 떨며 움직일 수 없었다.

문장과 의미의 사이가 한결 가까워졌다. 문단이 덜 삐걱거렸다. 그러나 여전히 마감이 매끄럽지 않은 가구를 만지다가 손끝에 가시가 박히는 기분이 들었다. 나는 한국어 번역서를 찾아보았다.

테레즈는 입을 열어 말하려 했지만 뭐라 해야 할지 정신이 아득했다. 정신이 저 멀리 달아나버렸다. 저 멀리서 소용돌이가 일더니 어두침침하고 섬뜩한 방 안에 무대가 펼쳐졌다. 두 여인이 참담한 전장 안에 서 있는 듯했다. 달아난 정신은 소용돌이 안에 몸을 숨겼다. 그 안을 들여다보니 절망감이 보였다. 테레즈가 두려운 건 바로 절망감이었다. 백화점에서 일하는 로비체크 부인의 지친 몸이 뿜어내는 절망감. 트렁크 안에 잔뜩 쑤셔 넣은 드레스에서 흘러나오는 절망감. 로비체크의 못생긴 외모에 찌든 절망감. 삶의 마지막 순간까지 보잘것없는 처지일 수밖에 없는 부인의 절망감. 이뿐 아니었다. 테레즈의 절망감까지 보였다. 원하는 모습이 되어 원하는 직업을 갖고픈 테레즈의 절망감. 테레즈의 인생은 그저 일장춘몽일 뿐, 이게 진짜일까? 이런 두려운 절망감이 엄습하자 테레즈는 너무 늦기 전에 드레스를 벗어 던지고 도망가고 싶었다. 온몸이 쇠사슬에 칭칭 감겨 붙들리기 전에.

어쩌면 이미 늦었을지 모른다. 악몽을 꾸듯 테레즈는 방

안에서 하얀 슬립만 걸친 채 몸을 파르르 떨며 움직이지 못했다.*

     나는 방과 후 빈 교실에서 세 개의 다른 구문을 몇 번이고 번갈아 읽었다. 구절을 통째로 비교하다가 문장을 몇 개씩 끊어서 비교하다 낱말 단위로 비교했다. 그렇게 샅샅이 읽고 비교하고 해독해보아도 네가 왜 하필 이 구절을 내게 보냈는지는 알 수 없었다. 길지 않은 문단 속에 반복해서 등장하는 '절망감'이라는 단어가 키워드일까? '어쩌면 이미 늦었을지 모른다'가 핵심 문장일까? 테레즈는 너일까? 늙고 추한 로비체크 부인은 혹시 나를 말하는 걸까? 너의 번역은 무엇을 향하고 있을까? 알 길이 없어 나는 절망했다. 교실 너머로 벌써 해가 지는 게 보였다. 하늘의 뺨이 붉어지고 있었다. 노을에 대고 너의 이름을 몇 번 불렀다. 잠시 후 나는 노트북에 창을 두 개 분할해서 띄웠다. 하나는 영어 원서 전자책, 또 하나는 한글 프로그램이었다. 나는 그날 교문이 굳게 닫히는 것도 모르고 늦도록 『소금의 값』 원서를 내 식으로 번역했다.

* 퍼트리샤 하이스미스, 『캐롤』, 김미정 옮김, 그책, 2016, 27-28쪽.

　　우리의 번역 릴레이는 1년 동안 이어졌다. 내가 한국어로 옮긴 문단들을 메일로 보내면 너는 그다음에 이어지는 문단부터 일본어로 옮겨 보냈다. 번역의 속도는 느렸고 그 질 역시 말할 것도 없이 거칠었지만 우리는 어찌어찌 아무도 시키지 않은 이 숙제를 묵묵히 치러나갔다. 그사이 팬데믹 상황은 나날이 심각해졌다. 오미크론 변이 바이러스가 기승을 부리는 동안에는 학급의 확진자 수가 비확진자 수를 훌쩍 뛰어넘을 정도로 늘었다. 교사들도 점점 확진이 늘어 자가 격리로 결근하는 이들이 많아졌고 그들을 대신해 부담임 역할을 맡거나 대리 수업을 해야 하는 일도 늘었다. 그러는 사이 우리가 주고받는 번역문 안에서 테레즈는 사랑에 빠지고 캐롤은 고통받고 두 사람은 함께 여행을 떠났다. 번역이 모두 끝난 날 나는 일본어와 한국어로 번갈아 옮겨진 소설 전문을 편집해 인쇄했다. 프린터가 막 토해낸 종이 뭉치를 들고 너의 언어로 인쇄된 도입부 문장을 손끝으로 만져보았다. 따뜻했다. 나는 종이를 한 장 한 장 넘겨가며 두 개의 언어를 보았다. 내가 옮긴 한국어 문장이 눈에 들어왔다.

그건 누구에게나 일어날 수 있는 일일 거야, 그렇지 않아?

순간 나는 어쩌지 못하고 아직 온기를 간직한 종이 뭉치를 꼭 끌어안았다. 동료 교사들이 무심한 얼굴로 복사기 옆을 스쳐 지나갔다.

*

신들의 언덕에서 만나요, 네가 말했고

나는 너를 만나러 언덕길을 오른다.

지난겨울 또 한 번의 동계 올림픽이 열렸다. 고다이라 나오 선수가 출전한 스피드 스케이팅 500미터 경기를 몇 년 전 은퇴한 이상화 선수가 해설했다. 4년 전 평창에서 올림픽 신기록을 세우며 금메달을 땄던 고다이라는 이날 17위로 결승선을 통과했다. 고다이라의 부진한 모습에 중계석의 이상화는 그만 울음을 터뜨렸다. 그 모습이 고스란히 방송을 탔다. 경기를 마친 고다이라가 한국의 중계진에게 서투른 한국어로 말했다. 안녕, 상화, 잘 지냈어? 보고 싶었어. 나는 오늘 안 좋았어.

누군가 트위터에 올린 그 영상을 보면서 나는 조금 울었다. 4년 전 고다이라와 이상화는 있는 힘껏 스케이트를 지쳤고 두 사람의 기록 차이는 불과 0.39초였다. 그들은 '나란히'에 가까운 모습으로 어떤 선을 함께 통과했다. 트랙을 돌며 관중석에 인사했고 언제부턴가는 둘이 어깨를 끌어안고 트랙을 돌았다. 두 사람은 한 번도 뒤를 돌아보지 않았다. 나는 한국어로 이상화를 찾는 고다이라의 영상을 네게 보냈다. 너는 곧바로 답장하지 않았다. 또 한차례 해가 바뀌고 각국의 방역 지침이 느슨해지면서 올여름 너의 나라로 가는 하늘길이 열렸다. 네가 메일을 보냈다.

신들의 언덕에서 만나요, 그들의 뺨이 붉어지는 시간에, 너는 말했고 지금은 바로 그때. 나는 언덕길에 도열한 신들을 찾아가 처음으로 기도했다. 기도의 내용은 하나, 그러나 네가 올 때까지는 비밀이다. 나는 혼자 청귤 소바를 먹다가 절반이나 남겼다. 자꾸 문 쪽을 흘끔거리느라 헛배가 불렀다. 카페에 들어가 시원한 커피를 마시면서도 느긋하게 앉아 있지 못하고 서둘러 더운 공기 속으로 나갔다. 시간이 돌처럼 무겁게 흘렀다. 나는 멀리 가지도 못하고 그저 신들의 언덕 아래서 서성였다. 해는 쉬이 넘어가지 않았다. 너는 어디에서 나타날까? 나타나기는 할까? 네가 부르면 나는 0.39초보다 빨리 돌아볼 수 있을까? 무심코 뒤를 돌아보았다가 롯의 아내처럼 소금 기둥이 되어 굳으면 어쩌지? 네가 안으면 내 몸은 소금 알갱이로 부서져 내릴까? 우리는 하코다테의 겨울을 보았다. 지금은 여름. 나는 너의 모든 계절을 알고 싶다. 나는 두 개의 언어로 번갈아 옮겨진 소설을 책으로 만들어 왔다. 표지는 하얀색. 제목은 큼직하게 두 언어로 적어 인쇄했다. '소금의 맛'. 너는 왜 하필 제목에 오타를 냈느냐고 물을지도 모른다.

성공회 교회당 회벽이 붉어지기 시작한다. 관광객들이 사진을 찍으려고 몰려든다. 나는 언덕을 등지고 서서 아래를 바라본다. 저 밑에 한 조각의 푸른 바다가 보인다. 여름의 바다는 겨울의 바다와 다른 언어로 출렁인다. 나는 새처럼 너의 언어를 받아 마실 것이다. 잠시 흐릿해진 시야에 희고 붉은 것이 들어온다. 너의 붉은색 치맛자락이 씩씩하게 흔들린다. 너와 나는 지금 마주 보고 있다. 다행이다. 누구도 뒤돌아볼 필요가 없다. 네가 나를 알아보고 손을 흔든다. 나는 양팔을 벌린다. 네가 달려온다. 누구도 소금 기둥이 되지 않는다.
아무것도 사라지지 않는다.

　　체감 기온이 영하 20도에 가까운 을지로3가의
어느 골목에는 등유 난로 하나가 조용히 달아올라 있
었다. 어둠이 뼛속까지 들이닥치는 동지였다. 안줏값이
저렴하고 주인장 인심이 후하기로 유명해 단골이 은근
히 많은 어느 호프집 앞이었다. 난로는 호프집 손님 가
운데 밖에 나가 담배를 피워야 하는 사람들을 위해 마
련된 편의였다. 짐승의 내장 같은 복잡한 골목 깊숙한
곳이라 목이 좋다고 말할 수는 없었는데 이런 세심함과
다정함이 단골을 유지하는 비법 같았다. 너무 추워 딱
히 맥주가 당기지 않는 계절이었지만 저녁 반주로 독주

를 마시고 2차로 찾아온 술꾼들에게는 예외였다. 홍합탕과 석화 등을 곁들여 소주를 마시다가 골목으로 나가 난로 앞에서 담배를 피우고 들어오면 이상하게 추위를 잊고 시원한 맥주를 찾게 되었다. 그러므로 어둠 속에서 이따금 홀로 이글거리는 등유 난로는 이 호프집의 유능한 홍보 직원인 셈이었다. 나는 밤이 가장 길다는 동지에 이 호프집을 처음 찾아와 소주 한 병을 비우고 난로 앞에서 담배를 두 번 피웠으며 그사이에 막간극처럼 카스 생맥주 500cc를 세 잔 마셨다. 아니, 네 잔이었나? 소주를 한 병 더 시키려고 했을 때 직원이 주방이 마감되었다며 주문을 받지 않았다. 몇 시에 문 닫는데요? 내 질문에 직원은 11시 30분에 문을 닫고 지금은 11시 20분이라고 대답했다. 10분이나 남았는데요? 10분이면 소주 한 병 비우고도 남지요! 내 목소리가 좀 컸는지 중년의 다른 직원이 조금 귀찮은 표정으로(마스크를 쓰고 있었는데도 귀찮은 표정이 고스란히 보였다. 어쩌면 지친 표정이었을지도 모르고.) 소주 뭘로 드려요? 하고 물었다. 처음처럼요! 중년의 직원이 냉장고에서 처음처럼 한 병을 꺼내와 우리 테이블 위에 올려놓고 갔다. 자, 10분을 꽉 채워 마시자! 나는 얼른 술병 뚜껑을 비틀어

열고 앞사람의 잔을 향해 술병을 기울였다. 어라? 내 앞에 사람은 없고 술이 반쯤 남은 소주잔만 맥빠진 표정으로(어쩌면 지친 표정이었을지도 모르고.) 놓여 있었다. 애, 어디 갔니? 나는 내 옆 사람을 향해 고개를 돌리고 물었다. 내 옆에 사람은 없고 거의 마시지 않은 생맥주잔만 김빠진 모습으로 나를 올려다보았다. 너는 또 어디 갔니? 나는 들고 있던 소주병을 기울여 내 앞의 술잔을 채웠다. 분명히 '우리'의 테이블이었는데, '우리'를 구성했던 앞사람과 옆 사람이 사라지고 나 혼자 남았으니 이 자리를 '우리'의 테이블이라고 부를 수는 없지 않은가, 생각하는 사이 내 앞의 술잔이 비었다. 나는 내 술잔을 또 채웠다. 이제 10분은 '우리'의 10분이 아니고 나만의 10분이 되었으니 10분 동안 나 혼자 소주 한 병을 다 비우려면 소주 한 병이 360ml이고 소주 한 잔이 대략 50ml 정도라고 하면 360 나누기 50은 음, 0을 떼고 36 나누기 5로 하면, 오칠은 삼십오, 어라 1이 남네, 이런 계산을 하는 사이 또 내 술잔이 비었다. 그 나머지 1을 어쩔 셈인가. (세 잔째 따르고) 나머지 1을 버리고 소주 한 병을 일곱 잔으로 계산하면 10분 동안 일곱 잔을 마셔야 하니(어느새 당위의 문제가 되었다.) 한 잔에 주어진 시

간은 또 얼마인가. 10 나누기 7은? 칠일은 칠. 아씨, 또
3이 남네. 나머지 3은 또 어쩌란 말이냐? 버려? 3이나
되는데? 아까 버린 1과 합하면 자그마치 4인데? 아니,
정신을 차려보자. 버림은 무거운 문제다. 그것이 무엇
이든 버린다는 것은 함부로 할 영역이 아니지 않은가.
처음 버린 1은 술이었다. 두 번째 버려야 할 3은 시간이
다. 술을 버려? 시간을 버려? 그 무거운 선택 앞에서 술
도 시간도 속절없이 사라지고 나는 또 네 번째 술을 따
랐다. 착착 흘러가는구나. 흘러가고 버려지고. 아니, 잠
깐. 어느 것도 버릴 필요는 없지 않아? 남은 시간 3 동
안 남은 술 1을 마신다면? 어머, 이것은 유레카! 3분 동
안 소주 10ml가 남는다고? 이건 버림의 영역이 아니라
남음의 영역 아닌가. 잉여다, 잉여! 10ml의 소주를 삼
키는 데 1초면 충분하니 내겐 자그마치 2분하고도 59초
가 남는다. 별안간 나는 시간 부자가 된다. 2분 59초 동
안 마실 수 있는 술의 양은? 여기요! 저 맥주 한 잔은 더
마실 수 있겠어요! 내 소리가 컸는지 처음 주문을 받으
러 왔던 직원이 다가온다. 다시 보니 이십대 초반으로
밖에는 안 보인다. 젊은 직원이 내 앞에 커다란 접시를
내려놓는다. 접시에는 내 손바닥보다 커다란 석화가 잔

뜩 담겨 있다. 제가 석화를 주문했던가요? 사장님 서비스예요. 직원이 석화 접시를 내려놓고 부리나케 멀어진다. 아, 서비스. 석화는 모두 여섯 개. 남은 소주는 세 잔쯤? 한 잔당 석화 두 개를 까먹어야 한다. 그럼 시간이 모자라지 않을까. 서두르자. 석화를 두 개 먹고 트림을 하는 사이 이번에는 중년의 직원이 커다란 접시 하나를 들고 온다. 접시에는 뿌연 김을 피워올리는 홍합이 산처럼 쌓여 있다. 이건 또 뭐지요? 서비스. 중년의 직원은 홍합 접시를 내려놓고 얼마 전까지 '우리'의 테이블이었으나 지금은 나만의 테이블이 된 곳에서 빈 어묵탕 냄비와 술잔을 챙겨 간다. 홍합은 개수를 셀 수 없을 만큼 많다. 아, 이건 또 어떻게 계산한단 말인가. 나는 그만 포기하고 홍합을 까먹고 석화를 까먹고 소주를 들이켜고 술잔을 채우느라 바쁘다. 나는 마감 직전 손님의 태도에 충실하느라 바쁘고 젊은 직원과 중년의 직원은 마감 직전 직원의 태도에 충실하느라 정신이 없어 보인다. 두 사람은 착착 테이블을 정리하고 곳곳의 난로를 끄고 주방 옆에서 커다란 쓰레기봉투를 채워 입구를 단단히 묶는다. 자, 이건 마지막 서비스. 누가 내 소주잔 옆에 거품이 매끄럽게 담긴 생맥주 한 잔을 내려놓는다. 처음 보는 남자다. 남자는 제 몫의 생맥주잔을 들고 내 앞에 앉는다. 좀 전까지 내 앞사람이었던 사람과 전혀 다른 사람이 새롭게 내 앞사람이 되었다. 누구세요? 내 질문에 남자는 맥주를 한 모금 달게 들이켜고 대답한다. 사장. 석화를 서비스로 내주고 홍합을 서비스로 내준 그 사장? 호프집 사장은 득의양양한 표정으로 고개를 끄덕인다. 마스크도 하지 않은 사장의 얼굴은 벌겋다. 이제 막 맥주 첫 모금을 들이킨 얼굴이 아니다. 진짜 사장님 맞아요? (방금까지 옆 테이블에서 부어라 마셔라 떠들었던 중년 남자들 무리 중 하나가 아니고?) 내 의심에 쓰레기통을 들고 지나가던 중년의 직원이 대신 대답한다. 아, 사장님! 마감 3분 남았어요! 사장은 직원을 향해 맥주잔을 들어 보이며 말한다. 3분이면 이거 마시고 한잔 더 마실 수 있어! 내가 못 살아. 직원이 구시렁거리며 주방으로 들어간다. 사장이 내 앞에 놓인 홍합을 하나 까 입에 집어넣는다. (내게 준 서비스 안주라더니 자기가 먹네.) 사장은 내 석화를 또 하나 까먹는다. 사장이 놀라운 속도로 맥주를 비운다. 있잖아요. 내가요. 여기 호프집을 연 지도 벌써 20년이 넘었어요. 20년을 버텼어요. 이 골목에서요. 이 골목은 최근 젠트리피케이션으로 수 많은 가게가 자본의 위세에 밀려 문을 닫고 떠난 눈물의 골목이다. 내가요. 그 개새끼들 틈바구니에서 여태 살아남았어요. 근데. 요즘. 너무 힘들어. 사장은 또 내 석화를 까 잡순다. 이제 석화 접시에는 알맹이 없는 빈 껍데기가 더 많다. 나는 사장의 기세에 눌려 고장 난 사람처럼 술도 안주도 못 먹고 그저 사장의 말을 듣고만 있다. 내가요. 원래는 그 유명한 삼성맨이었단 말이죠. 마누라랑 자식 빼고 다 바꾸라고 한 회장님 말씀을 책상 앞에 붙여놓고 살았어요. 그런데 20년 전 삼성을 그만두고 여기에 호프집을 열었어요. 왜요? 삼성을 왜 그만두었는데요? 나는 겨우 묻고 소주잔을 비운다. 사장이 얼른 내 처음처럼 병을 들고 잔을 채워준다. 노련한 사람이다. 내가요. 삼성맨이었는데 말이죠. 잘렸어요. 그니까 왜요? 맨날 술 처먹다 근태가 나빠서 잘렸어요. 술김에 삼성에서 잘리고요, 술김에 술집을 차렸어요. 하하. 사장은 자신의 라임이 마음에 들었는지 크게 웃고 맥주를 또 들이켰다. 삼성 시절 근태가 어땠는지는 몰라도 술집 사장으로서 근태는 어쩐지 좀 알 것도 같았다. 젊은 직원과 중년의 직원이 다가왔다. 사장님, 저희 퇴근해요. 사장이 그들 쪽을 쳐다보지도 않고 말했다. 그래그래. 나머지는 이 손님하고 나하고 알아서 치울게. 얼른들 가봐. 잠깐. 사장하고 나하고? 둘이서? 치우긴 뭘 치워? 나는 두 사람의 직원을 올려다보았다. 젊은 직원이 마스크 위에 드러난 눈으로 말했다. 도망쳐. 나는 벌떡 일어났다. 계산해주세요. 중년의 직원이 한심하다는 표정으로(어쩌면 지친 표정이었을지도.) 말했다. 계산은 먼저 나간 손님들이 하셨어요. 처음처럼 한 병만 남았는데 포스기 껐어요. 사장이 손사래를 치며 말했다. 그건 서비스. 처음처럼 한 병은 서비스. 이제부터 전부 서비스. 그러니까 손님은 나랑 마셔요. 오늘 밤새 서비스. 사장의 얼굴은 잘 익은 홍합처럼 붉었고 눈빛은 석화 알맹이처럼 번들거렸다. 잘 먹었습니다! 나는 인사를 빠뜨리지 않고 가방을 챙겨 술집 밖으로 나갔다. 걱정과는 달리 아무도 나를 붙잡지 않았다.

　　어둠이 뼛속까지 시린 을지로3가의 골목에는 등유 난로조차 꺼져 있었다. 나는 호프집에서 몇 걸음 떨어진 골목 어귀에 서서 담배를 꺼냈다. 불을 붙이는 손이 덜덜 떨렸다. 체감 기온 영하 20도가 실감 났다. 담배 길이가 반쯤 줄어들었을 때 호프집 젊은 직원이 커다란 쓰레기봉투 두 개를 들고 오는 게 보였다. 직원은 내 옆으로 다가와(왜지?) 쓰레기봉투를 내려놓고 말했다. 저기요. (여기서 담배를 피우면 안 되는 건가? 흡연자들을 위해 마련한 다정한 난로도 꺼졌는데 쓰레기봉투만 산처럼 쌓인 골목에서 담배를 피우는 것은 마감 후 술꾼의 마땅한 근태에 어긋나는 행위일까?)

불을 좀 빌릴 수 있을까요?

불? 불을 빌려달라고요?

예, 불을 좀 빌려주세요.

불이라면, 나도 없는데. 이 나이 먹도록 내 명의로 된 집 한 채, 차 한 대도 없이 무늬만 '부하' 직원인 젊은 사람들 눈치 보며 동시에 쪼잔한 근태 챙긴다고 윗사람들 눈치까지 보느라 납작하게 짓눌려 살아가는 내게 웬 불을 빌려? 그 '부하' 직원들이 송년회 2차 술값까지 계산하고 나 몰래 옆 사람과 앞사람 자리에서 홀연히 사라져버린 걸 당신도 목격하지 않았던가.

제겐 불이 없습니다.

젊은 직원이 한심한 표정으로(어쩌면 지친 표정이었을지도.) 나를, 아니 내 입에 물린 담배를 내려다보더니 주머니에서 빨간색 말보로 담뱃갑을 꺼내 담배 한 개비를 입에 물고 말했다.

그럼, 그 담배라도 빌려주세요.

직원은 내 입에 물린 담배를 가져다 제 담배에 불을 붙였다. 동지의 어둠 속에서 주황색 불 알맹이 한 알이 또 다른 주황색 불 알맹이를 탄생시켰다. 담배에서 담배로 불을 옮기는 장면을 본 지도 20년이 넘은 것 같았다. 와. 나도 모르게 탄성이 나왔다. 대단해요. 직원이 담배 연기를 하얗게 뿜어내며 중얼거렸다. 부를도 없이 부를 붙인 그쪽이 더 대단합니다.

*

너를 따라 동지의 골목을 누볐다. 너는 구절양장 같은 골목길을 잘도 헤쳐나갔다. 한밤의 골목은 낮의 골목과 감쪽같이 다른 얼굴을 하고 있었다. 호프집에서 나온 네가 술집 직원이었을 때와는 전혀 다른 얼굴을 하고 있듯이. 너는 리을 받침소리를 제외하곤 뭐든지 척척 잘하는 것 같았다. 너의 리을 발음은 '토종' 한국인인 나의 리을 발음보다 한결 매끄럽고 구불구불했다. 너의 리을 발음을 타고 꽁꽁 얼어붙은 골목길을 아슬아슬하게 걸어가는 일은 생각보다 스릴 넘치고 신

비로웠다. 너의 발음만 함께 있어 준다면 나는 일 년 중 가장 길고 깊은 밤을 거뜬히 통과할 수 있을 것 같았다.

온통 어둠뿐인 골목 한 귀퉁이에 빛 덩어리가 있었다. 빛이 낭자하게 쏟아져 나왔다. 나는 홀린 듯 눈을 비비며 너를 보았다. 너는 내 궁금증을 가볍게 무시하고 먼저 제비 뜨개방의 문을 열고 빛 안으로 들어갔다.

왔어?

빛 한가운데 앉아 있던 여자가 너를 반겼다.

춥지?

여자는 앉은 자세 그대로 엉덩이만 움직여 너에게 난로 옆자리를 내주었다. 네가 여자가 앉아 있던 자리에 앉자 여자는 여전히 입구에 서 있는 나를 올려다보았다.

왔어요?

내가 멍한 얼굴로 고개를 끄덕이자 여자가 또 말했다.

춥지요?

여자는 또 엉덩이를 움직여 한 칸 옆으로 옮겨갔고 네가 여자를 따라 자리를 옮기자 여자가 처음 앉아 있던 자리는 나를 위해 비었다. 나는 말없이 고개만 끄덕여 인사하고 난로에서 가장 가까운 자리에 앉았다. 뜨개방 주인은(호프집 사장과 헷갈리는 일이 없도록 뜨개방 여자는 주인이라고 부르자.) 몸을 일으켜 난로 위에 올려둔 주전자에서 뭔가를 따라 너와 나에게 주었다. 연한 갈색이랄까 주황색이랄까 어쨌든 그런 따스한 색감의 액체에서 향긋한 냄새가 풍겼다.

　귤껍질차. 마셔.

　주인이 말하고 다시 분주하게 움직였다. 주인은 가게 뒤쪽 작은 커튼으로 막아둔 공간으로 들어가더니 잠시 후 진한 녹색 다발을 안고 나왔다. 내 눈에는 주인이 어디선가 침엽수 한 그루를 통째로 뽑아온 것처럼 보였다. 내가 귤껍질차를 반쯤 비우는 동안 주인은 둥근 테이블 위에 온갖 푸른 것들을 잔뜩 가져다 놓았다. 자세히 들여다보니 그것은 전부 색깔과 모양이 조금씩 다른 침엽수 가지였다. 짙고 깊은 숲 냄새가 훅 끼쳐왔다. 나도 모르게 눈을 질끈 감았다. 좀 전까지 술기운으로 어지러웠던 머릿속에 시베리아 침엽수림의 바삭바삭한 찬바람이 불었다. 정신이 바짝 났다.

　처음이야?

　주인이 나를 보고 물었다. 뭐가 처음이라는 건

지도 모르면서 나는 일단 고개를 끄덕였다. 나는 제비 뜨개방도 처음이고 너도 처음이었으니까.

우리는 리스를 만들 거예요.

네가 그 구불구불한 리을 발음으로 덧붙였다. 나는 힘주어 고개를 끄덕였다. 리스도 처음이고 너도 처음인 것이 분명하니까.

크리스마스 리스 말입니까?

내가 묻자

동지 리스.

주인이 대답했다.

주인이 너와 내 앞에 갈색 나뭇가지를 엮어 만든 둥근 리스 틀과 전지용 가위, 초록색 종이로 코팅된 철사를 하나씩 놓아주었다. 동지의 깊은 밤, 낯선 골목 안 뜨개방에 들어와 처음 보는 사람들과 갑자기 크리스마스 아니 동지 리스를 만들게 되다니. 나는 아직 술이 덜 깬 걸까 생각했지만, 눈앞의 침엽 가지들이 풍기는 숲 냄새에 홀려 자꾸 웃음이 나왔다. 나는 아예 풍성한 가지 하나를 들고 거기에 코를 박고 킁킁거렸다.

전나무야. 냄새 좋지?

주인이 (어느새 반말로) 말했다. 네가 그 옆의 좀

더 부드러워 보이는 가지를 들어 냄새를 맡았다.

그건 편백나무. 그 옆에 노란 열매 달린 뾰족뾰족한 애는 삼나무.

나는 전나무, 편백나무, 삼나무, 하고 입 모양으로만 발음해보았다. 너는 전나무, 편백나무, 삼나무, 하고 소리 내어 말했다. 주인이 먼저 시범을 보였다. 주인은 전지용 가위로 커다란 가지에서 작은 가지를 툭툭 잘라내 서너 개씩 철사로 묶어 작은 다발을 만들었다. 너는 주인의 손길을 눈여겨보며 편백나무 다발과 삼나무 다발, 전나무 다발을 차례차례 만들었다. 테이블 위에 너와 주인이 만든 작은 가지 다발이 점점 쌓여갔다. 나는 주인의 능숙한 손을 보랴 너의 나름대로 익숙한 손을 보랴 정신이 팔려 내 앞의 가위를 들지도 않았다.

뭐해?

주인이 나를 흘낏 보며 물었다. 나는 깜짝 놀라 가위를 들고 전나무 가지부터 자르기 시작했다.

그 전나무는 더글러스라고도 하는데, 앞면은 짙은 초록색이지만 뒷면은 색이 좀 달라.

정말이었다. 내 손안에서 뒤집힌 전나무 잎 뒤쪽은 은색을 띠었다. 나는 초록색과 은색이 번갈아 보

이도록 엄지와 검지 사이에 작은 전나무 가지를 끼우고
이쪽저쪽 돌려보았다.

이 언니는 참 해찰을 잘하네.

주인이 한심하다는 표정으로(그러나 지친 표정은
아니었다.) 말했다. 그 말에 편백나무 가지 밑을 철사로
꽁꽁 돌려 묶던 네가 고개를 들고 물었다.

해찰이 뭐예요?

해찰? 아, 우리 엘리사벳은 해찰을 처음 들어봤
겠구나. 해찰은……

아니야! 내가 찾아볼래요.

너는 주머니에서 핸드폰을 꺼내 단어를 검색하
더니 검색 결과를 읽어주었다.

해찰. 마음에 썩 내키지 아니하여 물건을 부질
없이 이것저것 집적거려 해침. 또는 그런 행동.

무슨 뜻인지 알겠어, 엘리사벳?

이것저것 집적거린대요. 집적거리는 건 알아요.
집적거리는 남자 많아요. 하지만.

네가 나를 빤히 보며 말을 이었다.

이 언니는 집적거리지 않았어요. 술만 많이 먹
었어요.

뜨개방 주인이 난감한 표정으로 너와 나를 번갈
아 보았다. 네가 이어서 말했다.

두 번째 뜻도 있어요. 일에는 마음을 두지 아니
하고 쓸데없이 다른 짓을 함.

그리고 깨달음을 얻은 사람처럼 고개를 크게 끄
덕이면서 덧붙였다.

아아, 해찰은 근태가 나쁘다는 뜻이네.

호프집 사장님처럼?

내가 불쑥 묻자 너는 나를 보고 두 눈이 초승달
이 되게 웃으며 말했다.

언니도 해찰하지 마요. 언니도 근태 나빠. 얼른
리스 만들어. 오늘 리스는 우리 대장님 서비스.

대장님?

응. 우리 제비 뜨개방 사장님 아니고 대장님. 통
이 크니까.

그리고 너는 또 눈이 초승달이 되게 웃었는데
둥글게 휘어지는 너의 두 눈을 보고 내 심장이 별똥별
처럼 길게 떨어져 내렸다.

상록수 가지 다발이 종류별로 충분히 만들어지

자 둥근 리스 틀을 채우기 시작했다. 너는 뜨개방 주인을 봐가며, 나는 너를 봐가며 리스 틀을 채워나갔다. 두 사람은 틀을 꾸미는 데 골몰하느라 말이 없었다. 나는 아무 말이나 해 침묵을 휘저어야 한다는 압박감을 느꼈다. 돌연한 침묵을 버거워해 아무 말이나 하고 뒤늦게 그 아무 말을 후회하는 것은 나의 대표적인 고질병이었다.

한국에 온 지 오래되었나 봐요. 한국말을 저보다 잘하는 것 같아요.

5년 됐어요. 대장님, 5년이면 오래된 건가?

오래라면 오래고 아니라면 아니고.

오래오래. 아니아니. 가래가래.

너는 자신의 농담이 마음에 들었는지 쿡 웃었다. 뜨개방 주인도 눈이 사라질 만큼 온 얼굴로 소리 없이 웃었다.

우리 엘리사벳은 한국말도 잘하지만 영어를 정말 잘해.

맞아. 나 영어 잘해.

우리 엘리사벳은 내 영어 선생님이에요.

맞아. 나 영어 선생님이야.

그러곤 너는 5년 전 방배동 어느 이층집의 '내

니'로 처음 한국 생활을 시작한 이야기를 들려주었다. (조곤조곤 옛이야기를 들려주던 어린 날 나의 할머니처럼 너는 자신의 사연을 구불구불한 억양으로 들려주면서도 리스틀을 채우는 손을 멈추지 않았다.) 너는 삼십대 의사 부부의 연년생 아이들을 돌봤다. 부부는 아이들이 유아에서 아동으로 자라 영어 유치원에 들어가자 기존의 '이모님'을 내보내고(하얼빈 출신의 오십대 후반 여성이었다고 한다.) 아이들과 영어로 대화를 나눌 수 있는 너를 새롭게 고용했다. 너는 영어가 유창하고 한국어도 조금 할 수 있는데(너의 아버지는 한국인이고 너의 어머니는 아버지와 헤어진 후에도 아버지에게 배운 약간의 한국어를 어린 네게 가르쳐주었다고 한다.) 기존 '이모님'보다 보수는 적게 줘도 되니 이른바 '가성비'가 좋다고 했다. 네가 또박또박한 발음으로 '가성비'라는 말을 했을 때 나는 그만 뾰족한 삼나무 잎에 검지를 찔렸다. 많이 따끔거렸지만 피가 나지는 않았다. 너는 그 집의 연년생 남매를 좋아했다. 아이들은 볼이 말랑하고 정수리에서 고소한 냄새를 풍겼다. 그러나 아이들은 처음부터 너를 좋아하지 않았다. 너를 경계했다. 저녁마다 아이들을 목욕시키려고 옷을 벗기려 하면 큰애는 너의 손등을 깨물었고 작은애는 자지러지게 울음을 터뜨렸다. 너는 아이들의 기분을 달래주려고 손등을 물리고 어깨를 맞아가면서도 영어로 신나는 노래를 불렀다. 큰애는 너를 싫어했고 작은애는 너를 무서워했으며 두 아이 모두 아기 때부터 자신들을 돌봐주었던 하얼빈 출신의 '이모님'을 그리워했다. 그러나 너는 아이들의 마음을 열려고 최선을 다했다. 이 집에서 쫓겨나면 갈 곳이 없어서라는 이유보다 어떻게든 이 사랑스러운 아이들과 잘 지내보고 싶다는 바람이 조금 더 컸다. 아이들을 씻길 때 네가 가장 많이 불러준 노래는 〈유 아마이 선샤인〉이었다. 너는 여기까지 말하고 갑자기 노래를 부르기 시작했다.

너는 나의 햇살. 오직 나만의 햇살.

하늘이 온통 흐려도 나, 그대로 인해 행복해요.

내가 그대를 얼마나 사랑하는지, 그대는 아마 모르겠지요.

오오, 제발 나의 햇살을 빼앗지 말아줘요.

지난밤 자면서 나는 꿈을 꾸었죠.

그대를 내 품에 안아보는 꿈을.

깨어나 보니 한낱 꿈이더군요.

나는 얼굴을 묻고 울음을 터뜨렸어요.

너는 나의 햇살. 오직 나만의 햇살.

하늘이 온통 흐려도 나, 그대로 인해 행복해요.

내가 그대를 얼마나 사랑하는지, 그대는 아마 모르

겠지요.

오오, 제발 나의 햇살을 빼앗지 말아줘요.

노래를 다 부르고도 너는 잠시 아무 말도 하지

않았다. 나는 이번에는 너의 침묵을 휘젓지 않았다. 연

년생 남매가 끝내 너에게 마음을 열었는지 궁금했지만

아무 말도 할 수가 없었다. 너는 둥근 리스 틀의 마지막

여백을 채우느라 골몰하는 척하는 것처럼 보였다. 나

는 네가 속으로 어떤 감정의 이름을 고르느라 머뭇거리

고 있는 건 아닐까 생각했다. 지금 네 마음 한 귀퉁이에

서 스멀스멀 피어오르는 감정은 과거의 것일 수도 있고

과거를 돌이켜보는 현재의 것일 수도 있다. 너는 솔방울

하나를 들어 어느새 초록 침엽으로 다 채워진 리스 여기

저기에 대보더니 솔방울을 내려놓고 한숨을 뱉듯 속삭

였다.

아, 지우랑 연우 보고 싶다.

*

씨발년아.

아이는 분명 그렇게 말했다. 내 속으로 낳아 13년을 함께 산 아이가 나를 똑바로 보고 그렇게 말했다. 한때는 볼이 말랑하고 정수리에서 고소한 냄새를 풍겼던 아이가, 나중에 크면 엄마랑 결혼하겠다고 걸핏하면 내 새끼손가락을 끌어당겨 약속하던 아이가 고작 2년 헤어져 있었다고 완전히 다른 존재가 되어 있었다. 양가 어른들이 전부 반대한 해외 파견 근무를 강행했을 때 아이는 끝내 제 의견을 말하지 않았다. 2년의 육아휴직을 마무리하고 회사에 복귀했을 무렵 나는 그동안의 공백을 메우기 위해 필사적이었다. 무리하게 대출을 받아 집값이 상대적으로 비싼 친정 근처로 이사했고 출근할 때 아이를 친정 엄마에게 데려다주고 퇴근 후에 찾아왔다. 퇴근이 늦어져도 시가나 어린이집에 아이를 맡기는 동료들에 비하면 상대적으로 마음이 크게 불편하지는 않았지만, 되도록 아이 목욕을 시키거나 책을 읽어주고 재우는 일은 내가 하고 싶어 야근이나 회식은 이리저리 피했다. 그렇게 악착같이(이 단어는 내가 직접 고른 게 아니라 주변에서 당연하다는 듯 붙여준 표현이다.) '워킹맘' 생활을 이어가던 중 해외 파견 근무 제안과 친정 엄마의 류머티즘성 관절염 발병이 동시에 찾아왔다. 나는 딱 사흘을 (혼자) 고민하고 남편 없이 시어머니를 찾아갔다. 그리고 사정했다. 딱 2년만 남편과 아이를 돌봐달라고. 시어머니도 무릎이 안 좋았지만, 아이도 초등학교 고학년이 되었으니 손이 많이 갈 시기는 지났고 그저 세 식구 사는 집의 주부 역할을 해달라고 부탁했다. (당연히 돌봄 노동의 비용은 '시세'보다 넉넉히 계산해 다달이 부쳐드렸지만, 남편에게도 시어머니에게도 눈앞에서 돈 이야기를 꺼내지는 않았다.) 내가 프랑크푸르트로 떠나고 곧바로 시어머니 혼자 살던 집으로 들어간 남편과 아이는 2년 동안 완전히 다른 사람들이 되어 있었다. 남편은 어느새 다른 여자를 사랑하게 되었고, 아이는 나의 승진과 그로 인한 분주함을 전부 자신을 매몰차게 버리고 얻은 대가라고 여겼다.

　　씨발년아. 버리고 갈 때는 언제고 이제 와서 엄

마 노릇이야.

경찰서에서 만난 아이는 오토바이와 함께 구르며 생긴 뺨의 핏자국을 훈장처럼 과시하며 을러댔다. 아이의 말투에서 독기가 뚝뚝 떨어졌다. 담당 경찰이 어머니한테 말버릇이 그게 뭐냐? 하고 아이를 훈계했지만 나를 흘낏 살피는 경찰의 눈빛은 동정심이라기보다는 한심함 쪽에 훨씬 더 가까웠다. 옆에 있던 남편은 아무런 말도 하지 않았다. 씨발년이라는 말보다 저를 버리고 갔다는 말이 너무도 아프게 심장을 빨아댔다. 나는 고스란히 느껴지는 물리적인 통증을 견디느라 아이의 욕설에 상처받을 정신도 없었다. 오토바이 사고는 아이의 전학과 피해 학생 보상 약속으로 마무리했고, 남편은 이혼 조건으로 우리 세 식구가 함께 살던 시절의 전세 보증금을 달라고 했다. 해외 파견 근무 동안 차곡차곡 모아놓은 내 월급은 전부 피해 학생 보상금으로 나갔다. 누구도 내가 아이를 버린 게 아니라고 말해주지 않았다. 누구도 내가 지은 죄에 비해 너무나 과도한 벌을 받았다고 말해주지 않았다. 나를 낳고 키워준 친정 엄마마저도 이혼 직후 친정에 와 누워 있는 내게 혼잣말인 듯 중얼거렸다. 그러게, 어미가 되어서는 왜 그렇게 일 욕심을 부렸어.

*

　　리스 세 개가 완성되었을 때 동지의 밤은 소걸음으로 축시를 통과하고 있었다. 뜨개방 주인의 리스는 솔방울과 빨간 열매를 많이 달아 풍성했고 너의 리스는 말린 오렌지와 시나몬 스틱으로 강조해 따스한 느낌이 들면서 세련되어 보였다. 나의 리스는, 음, 말하고 싶지 않다. 어느새 술기운이 가시고 이상하게 배가 고프다는 생각이 들 무렵 내 마음을 읽은 것처럼 네가 배고프다, 속삭였고 이 소리를 신호로 가게 뒤쪽 커튼이 걷히며 웬 노인이 큼직한 쟁반을 들고 나타났다. 짧게 자른 파마머리가 하얗게 셌고 몸집은 왜소한 노인이 쟁반을 든 채 테이블 앞에 꼿꼿이 섰다. 나는 눈앞의 광경을 믿을 수가 없어서 노인을 빤히 쳐다보고 있는데, 너와 뜨개방 주인은 천천히 일어나 테이블 위에 어지럽게 널린 리스와 침엽 가지들을 다른 테이블과 수납장 위로 옮겼다. 테이블에 자리가 생기자 노인이 나를 빤히 노려보았다. 노인이 든 쟁반에는 뜨거운 김을 모락모락 피워

올리는 팥죽 그릇 세 개가 놓여 있었다. 노인은 아무 말
도 하지 않았지만 나는 어쩐지 노인의 호령을 들은 것
만 같아 얼른 팥죽 그릇을 테이블로 옮겼다. 스테인리
스 그릇이라 너무 뜨거웠다. 나는 그릇 하나를 옮길 때
마다 손가락으로 귓불을 잡고 뜨거움을 식혀야 했다.
팥죽이 모두 옮겨지자 노인이 빈 쟁반을 품에 세워 안
은 자세로 빈 의자에 앉았다.

　우리 엄마, 여태 뭐 하시나 했더니 팥죽 끓였어?

　뜨개방 주인이 말하며 동시에 수화를 했다. 노
인은 여자의 입말에도 손말에도 대꾸 없이 그저 눈앞을
빤히 볼 뿐이었다.

　잘 먹겠습니다, 할머니!

　너는 씩씩하게 말하고 숟가락을 들어 팥죽을 먹
기 시작했다. 뜨개방 주인도 숟가락을 들었다. 나는 두
사람을 보다가 여전히 앞을 노려보는 노인을 한번 보
고 천천히 숟가락을 들었다. 원래 팥죽은 동짓날 해가
있을 때 먹어야 하는 게 아닌가, 지금은 사실 동지 다음
날이 아닌가, 생각하면서.

　우리 집은 동짓날 밤에 팥죽을 먹는 풍습이 있어.

　내 생각을 읽기라도 한 듯 뜨개방 주인이 말했다.

귀신 쫓으려고?

네가 입 안의 팥죽을 오물거리며 물었다.

아니, 그냥 밤이 가장 길면 배도 가장 고플 테니까. 그치, 엄마?

뜨개방 주인이 이렇게 말하고 노인을 향해 수화를 했다. 노인은 피식 콧방귀를 뀌고는 수화로 뭐라 대답했다.

할머니가 뭐래요?

네가 묻자

응, 팥죽 식는다고 어서 처먹으래.

주인이 대답했다.

팥죽을 다섯 숟가락 정도 먹었을까. 노인이 큰일이라도 난 것처럼 화들짝 놀라 일어났다. 나도 덩달아 놀라 숟가락질을 멈추고 노인을 쳐다보는데 나머지 두 사람은 아무것도 보지 못했다는 듯 계속 팥죽을 먹었다. 노인이 일어나 커튼 뒤로 사라졌다가 잠시 후 커다란 스테인리스 그릇을 들고 나타났다. 그릇에는 살얼음이 낀 동치미가 잔뜩 담겨 있었다. 노인의 엄지손가락도 동치미 국물 안에 푹 담가져 있었다. 노인이 동치미 그릇을 내려놓자마자 너와 주인의 숟가락이 동시에 동치미를 떴다. 내 입에도 침이 고였다.

팥죽 세 그릇과 동치미 한 그릇이 깨끗이 비었다. 우리 세 사람은 포만감에 저절로 등이 뒤쪽으로 기울었다. 노인만 꼿꼿한 자세를 풀지 않고 그대로 앉아 있었다.

아, 배부르다.

뜨개방 주인이 말하자

배부르니 엄마 보고 싶어.

네가 말했다.

날 엄마라고 생각해.

뜨개방 주인이 말하고 노인을 향해 수화를 했다. 노인이 또 흥! 하고 콧방귀를 뀌었다.

제 자식 버린 년이 무슨 생판 남의 엄마 노릇이냐는 말이겠지.

주인이 자조적으로 말하고 나를 흘낏 보았다. 나는 저절로 달아오른 얼굴을 들키고 싶지 않아 고개를 돌렸다. 뜨개방 한쪽 벽에 온갖 뜨개 작품들이 걸린 게 보였다. 맨 윗줄에는 똑같은 모양과 무늬의 스웨터가 아주 작은 것부터 성인용까지 다양한 크기로 걸려 있었는데, 마치 아기 스웨터가 어른 스웨터로 점점 성장하는 모습을 연대기로 표현한 설치미술 작품 같았다. 스웨터가 참 귀엽다, 예쁘다, 스웨터 주인은 저걸 입는 내내 행복했겠다, 저건 노르딕풍인가 스웨덴풍인가, 아니 그게 그건가, 이런 생각들을 하는데 눈앞으로 노인의 손이 쑥 다가왔다. 노인의 손에 들린 건 낡고 얼룩진 거즈 손수건이었다. 내가 빤히 보고만 있자 노인이 재촉하듯 손수건을 한번 흔들었다.

눈물 닦아요, 언니.

네가 옆에서 말했을 때야 비로소 나는 내가 울고 있었던 걸 알았다. 노인이 준 손수건에는 오래전 아이의 정수리에서 맡았던 고소한 냄새가 배어 있었다. 나는 모두가 보는 앞에서 눈물과 콧물까지 닦아놓고 전혀 운 적 없는 사람처럼 감쪽같이 명랑한 목소리로 물었다.

그런데 동지 밤에 리스를 만드는 것도 이 집 풍습인가요?

뜨개방 주인이 세상 웃긴 농담을 들었다는 듯 깔깔 웃음을 터뜨렸다.

나도 오늘 처음 만들어본 거야. 우리 엘리사벳이 만들어보고 싶다고 해서.

내 고향에서는 이런 나무 보기 힘들어요. 지우 연우네 집에서 일할 때 크리스마스마다 리스를 주문해 현관문에 걸어두었는데, 그게 참 부러웠어.

나는 뜨개방 주인의 풍성한 리스를 가리키며 물었다.

완전 전문가 솜씨로 보였는데요? 어디서 따로 배워오셨어요?

유튜브!

나 오늘 만든 리스, 우리 엄마한테 보내줄 거예요. 우리 엄마 좋아할 거야.

뜨개방 주인이 자리에서 일어나더니 자신이 만든 풍성한 리스를 들고 벽 쪽으로 갔다. 그리고 스웨터의 연대기 사이사이에 리스를 대고 모양새를 가늠해보았다.

저 벽이 우리 대장님 우체통.

네가 내 쪽으로 고개를 돌리고 속삭였다.

우체통?

내가 묻자 네가 대답했다.

응, 우체통. 대장님 아기에게 선물 보내는 우체통.

노인이 너의 말을 알아듣기라도 한 듯 흥! 하고

코웃음을 쳤다. 노인이 벌떡 일어나 안고 있던 쟁반에 빈 그릇들을 챙기다가 뜨개방 주인에게 수화로 뭐라 뭐라 말했다. 주인이 테이블로 돌아와 앉으며 말했다.

날 밝기 전에 그만 가서 자래. 동지 밤이 아무리 길어도 어김없이 동은 트고 내일은 온다고.

핸드폰을 꺼내 시간을 확인해보았다. 어느새 축시가 지나 인시에 들어서 있었다. 저만치서 호랑이가 달려오는 것만 같아 나도 모르게 흠칫 어깨를 떨었다.

초면에 실례가 많았습니다. 이제 그만 가볼게요.

리스 가져가야지.

주인이 내가 만든 볼품없는 리스를 종이 가방에 넣어 주었다.

엘리사벳은 안 가요?

내가 묻자 네가 어깨를 으쓱하며 말했다.

나 여기 살아요.

노인이 뜨개방 주인에게 또 수화로 뭐라 뭐라 했다.

우리 엄마가 언니 또 언제 오냐고 묻네?

나는 노인을 향해 대답했다.

다음 동지에 올게요. 팥죽 또 주세요.

이렇게 말하며 어쩐지 콧등이 시큰했는데 노인이 흥! 콧바람을 내뿜으며 또 뭐라 뭐라 했다.

하지에 오래. 감자 삶아준대.

아직 술이 덜 깬 나는 주책맞게 그만 노인을 와락 안아버렸다. 왜소한 노인은 내 품에 폭 안기고도 남았다. 노인의 새하얀 머리카락에서 전나무 잎에서 풍겼던 것과 같은 냄새가 났다. 내 품에서 놓여난 노인이 마지막으로 수화를 하고 쟁반을 챙겨 들더니 커튼 뒤로 사라졌다. 노인이 커튼을 들추고 그 너머로 지나가는 짧은 순간 나는 분명히 짙푸른 침엽의 숲을 기운차게 흔들어대는 새하얀 눈보라를 목격했다. 그리 놀라지 않은 마음으로 커튼 쪽을 뚫어지게 보는 내 뒤에서 뜨개방 주인의 목소리가 들려왔다.

우리 엄마가 그러네? 하지가 오기 전에 당신이 먼저 그쪽 꿈에 찾아가도 많이 놀라지 말라고.

나는 여전히 커튼 너머를 투시할 듯 바라보며 천천히 고개를 끄덕였다. 알겠다고, 다만 서두르지 말고 쉬엄쉬엄 오시라고, 당신이 찾아오면 나는 반가워 개방정을 떨 거라고 대답하는 대신이었다. 커튼이 살짝 일렁였다. 전나무인지 눈보라인지 대신 대답한 모양이었다.

누군가 향을 피웠다, 아니 불부터 붙였던가?

사흘을 내리 묘지 옆에서 잤다. 깨어나 밤새 창을 가려준 암막 커튼을 걷으면 빛보다 묘지의 풍경이 먼저 눈에 들어왔다. 부지런한 누군가가 일찍 비석을 씻겨주었는지 잿빛 돌마다 물기를 머금고 깨끗하게 반들거렸다. 묘지가 흔한 도시였다. 촘촘한 골목마다 절이 박혀 있었고 절은 어김없이 묘지를 품고 있었다. 골목에서 태어나 자란 사람들이 죽으면 다시 골목 안 묘지로 돌아가는 걸까? 우리가 묵은 호텔은 절 바로 옆에 붙어 있었다. 호텔 입구에 향을 피워놓아서 연기와 냄새가 사람보다 먼저 손님들을 맞아주었다. 향냄새는 짙었고 연기는 아스라했는데 체크인 직후 방에 올라가 저 아래 묘지를 보니 호텔 입구에 24시간 향을 피워두는 이유를 알 것도 같았다.

거짓말이다. 호텔 입구에 향을 피워두는 이유를 내가 어찌 알겠는가. 그저 흰 연기를 손에 쥐어보려는 시도와 비슷하게 하릴없는 짐작일 뿐이다. 호텔 바로 옆에 묘지가 있다는 우연과 호텔 입구에 늘 향이 피워져 있다는 우연의 점을 이어 '호텔을 운영하는 (혹은 관리하는) 누군가가 바로 옆의 죽은 자들을 위해 향을 피운다'라는 이야기를 만들어보았다. 우연은 내가 목격한 것이고 이야기는 내가 지어낸 것이다. 그러니 나는 보고 들은 '사실'을 이야기라는 '거짓말'로 엮는 사람이다. 거짓말쟁이, 그게 바로 나다. 거짓말쟁이는 호텔 방에서 묘지를 내려다보면서 생각했다. 사흘 내리 저들이 내 꿈에 놀러와 이야기를 전해주면 좋겠다고.

거짓말이다. 나는 조금 무서웠다. 저들이 정말로 내 꿈을 어지럽히면 어떡하지? 낯선 이들의 얼굴에서 내 것만으로도 감당하기 어려운 희로애락을 엿보고 덜컥 체하기라도 하면 어쩌지? 나는 꿈에 갇힌 채 밤새 눈을 부릅뜨고 흐느낄 것이다. 아니다. 정말로 무서운

건 낯선 이들이 빈 얼굴로 찾아오는 일이다. 그들의 얼굴 자리가 흐릿하게 비어 까마득한 공포 외엔 어떤 것도 짐작할 수 없게 나를 압박해오는 일이다. 얼굴 없는 유령이라니, 그 얼마나 무서운가. 얼굴 없는 유령을 본 건 여행을 떠나오기 직전 넷플릭스에서 본 〈블라이 저택의 유령〉(2020)에서다. 헨리 제임스의 소설 『나사의 회전』(1898)을 원작으로 한 이 유령 드라마에는 죽은 자가 산 자들의 기억에서 희미해질수록 점점 얼굴을 잃는다는 설정이 있었다. 다시 생각해보니 이건 무섭다기보다는 슬픈 이야기에 가깝다. 기억의 자리에서 밀려난 죽은 자는 유령이 되어서도 얼굴을 잃고 점점 '비가시화'된다니, 소름 끼치게 그럴듯하면서 화가 날 정도로 슬픈 이야기가 아닌가. 묘지를 내려다보면서 나는 다시 생각했다. 저들이 내 꿈에 찾아온다면 부디 또렷한 얼굴을 가지고 찾아와주면 좋겠다고. 어떤 표정을 짓더라도 제발 분명한 얼굴로 내게 말을 걸어달라고. 흐릿한 얼굴을 내밀며 내 꿈을 세상 무섭거나 세상 슬프게 물들이지는 말아달라고.

"사람은 죽어서 이야기가 된단다."

이건 어디서 목격한 문장이더라? 아무래도 〈힐 하우스의 유령〉(2018) 같다. 셜리 잭슨의 소설 『힐 하우스의 유령』(1959)을 원작으로 했지만, 현대를 배경으로 서사 자체에 상당한 각색을 거친 유령 드라마다. 모든 고딕물이 그렇듯이 힐 하우스에도 블라이 저택과 마찬가지로 산 자보다 죽은 자들이 더 많이 서성인다. 공간을 떠날 수 없는 죽은 자들은 어둠 속을 배회하고 산 자들은 그림자 같은 유령을 목격하고 소스라친다. 산 자가 보고 싶어하는 죽은 자와, 산 자 앞에 얼핏 모습을 드러낸 죽은 자가 일치하지 않는 것이 유령 이야기가 내포한 비극의 원인이다. 산 자는 보고 싶은 죽은 자를 잊지 않으려고 애써 그를 기억하고 그에 관해 말한다. 그래야 언젠가 자신 앞에 모습을 드러낼지 모를 그 죽은 자가 얼굴을 잃지 않는다는 듯이. 그러니 사람이 죽어서 이야기가 된다는 드라마 속 문장은 이렇게 고쳐 써야 할지도 모르겠다. 사람은 죽어서 산 자들의 이야기 속으로 들어간다고. 이야기는 산 자들의 기억이 빚어내는 결과물이라고. 이야기가 죽은 자의 얼굴을 지켜주는 게 아니라 죽은 자의 얼굴 그 자체라고.

"아빠가 아픈 나를 놔두고

너만 데리고 놀러가서 네가 미웠어."

오사카 난바 도톤보리에서 저녁을 먹으며 우리
는 따뜻하게 데운 청주를 마셨다. 나보다 술을 잘 마셨
던 언니는 겨우 청주 한 잔에 얼굴이 발개지고 어지럽
다고 했다. 서울보다 따뜻할 줄 알았던 오사카는 이상
기후로 추워도 너무 추웠다. 우리는 몸을 따뜻하게 해
줄 것을 찾아 복국을 시키고 데운 청주를 시켰다. 아빠
이야기를 꺼낸 것은 나였다. 다섯 살 혹은 여섯 살이었
을까. 아빠는 나를 데리고 근교로 낚시를 가거나 야구
경기를 보러 옆 도시에 갔다. 나는 아빠 옆에 앉아 기차
가 까만 터널을 통과할 때마다 눈을 부릅뜨고 어둠을
보았다. 아빠는 낯선 골목길의 아무 식당에나 들어가
내게 따뜻한 국수를 사주고 그 옆에서 데운 청주를 홀
짝였다. 향그러우면서도 어딘가 불온한 냄새를 풍기는
그 술은 오랫동안 내 안에 어떤 각인을 남겼다. 나는 아
빠에게 사랑받고 있다는 안온함과 저 술을 다 마신 아
빠가 나를 버리고 혼자 다른 차원으로 떠나버릴지도 모
른다는 두려움을 동시에 느꼈다. 그런 이야기를 주절거
렸을 때 언니는 내가 기억하지 못하는 다른 이야기를

들려주었다. 아빠는 원래 언니를 데리고 근교로 낚시를 가거나 야구 경기를 보러 옆 도시에 가곤 했는데, 그날은 언니가 아파 누워 있었다. 언니는 자기가 아프니 아빠가 나들이를 미룰 거라고 믿었지만, 아빠는 언니 대신 어린 나를 데리고 집을 나섰다. 혼자 남은 언니는 서러웠다(어쩌면 버림받았다고 느꼈을지도 모른다). 그날부터 아빠의 나들이 동반자는 나로 바뀌었고, 언니는 자신의 자리를 차지한 내가 미웠다.

미움의 향방이 잘못되었잖아. 내가 아니라 아빠를 미워했어야지.

그런가.

우리는 호기롭게 시킨 청주를 반병도 못 마셨다. 식당을 나와 밤거리를 걷다가 화살표처럼 늘어선 붉은 등을 보았다. 바로 옆에 절이 있었고 울도 담도 없는 곳에 온몸이 이끼로 덮인 부처가 앉아 있었다. 사람들이 그 앞에서 기도를 했다. 우리는 걸음을 멈추고 이끼 부처에게 다가갔다. 백인 여성 하나가 영어로 된 안내문을 읽어보더니 양동이에 담긴 물을 퍼 불상에 끼얹었다. 저 부처는 저토록 습한 소망을 먹고 자라는구나, 나는 생각했다. 언니에게 동전 몇 개를 청했다. 향 한 묶음을 피우는 데 30엔이라고 적혀 있었다. 우리는 불상 옆에서 일렁이는 촛불에 향 묶음을 대고 불을 붙였다. 곧 연기가 전령처럼 포르르 날아올랐다. 밤인데도 흰 연기가 잘 보였다.

아빠를 위해 향을 피우자.

향을 피운다는 건 말을 거는 행위와 비슷했다. 향로에 향 묶음을 꽂고 그 앞에 서서 잠시 눈을 감았다. 언니가 속으로 무슨 말을 했는지는 모르겠다. 나는 나를 향했던 언니의 미움을 아빠 쪽으로 넘겨서 조금 미안하다고 속삭였다. 그리고 미움이든 그리움이든 우리가 아빠를 입에 올리고 있으니 그곳에서(그곳이 어디든) 조금 더 힘을 내어 얼굴을 지키고 있으라고 기도했다. 호텔로 돌아가는 길에 술기운을 핑계 삼아 내 아이들에게 말했다. 내가 죽은 뒤 너희도 어느 낯선 거리를 걷다가 이런 공간을 만나거든 한 3백 원 정도 들여서 나를 위해 향을 피워줄래? 그러니까 그것은 '죽은 내게도 말을 걸어주겠니'와 같은 말이었다. 한 아이가 말했다. 5백 원도 쓸 수 있어. 또 다른 아이가 말했다. 난 그 앞에 핸드폰으로 엄마 사진도 띄울 거야. 우리는 깔깔 웃으며 내처 걸었지만, 나는 안다. 아이들 핸드폰에 내 사진이 단 한 장도 없다는 것을.

"1자와 2자 사이의 절대성을 3자가
깨뜨리게 하고 싶지는 않았습니다."

여행을 떠나기 이틀 전에 어느 시인의 북토크 자리에 갔다. 낭독회인 줄 알고 갔지만 시인은 끝내 자신의 시를 낭독하지 않았다. 대신 우리는 1자와 2자가 되어 이야기를 나누었다. 출판사에서 북토크 현장을 라이브 방송으로 내보내자고 했을 때 시인은 그 공간의 절대성을 깨고 싶지 않아 단호히 거절했다고 한다. 나는 시인과 독자들 사이의 팽팽한 자장을 물리적으로 느끼며 그 자리를 지키고 앉아 있었다. 한동안 일인칭과 이인칭이 함께 등장하는 소설에 골몰했다. 내가 좋아하는 앨리 스미스의 책 중 『일인칭 외The First Person and Other Stories』라는 제목의 소설집이 있는데, 이 소설집에는 「일인칭The First Person」「이인칭The Second Person」「삼인칭The Third Person」이라는 제목의 단편이 각각 실려 있다. 앨리 스미스는 책마다 몇 개의 제사로 시작하는 습관이 있고, 이 소설집의 첫 번째 제사는 그레이스 페일리의 시 일부이다.

일인칭은 종종 사랑하는 사람

바로

당신 같은 사람은 처음이야 이렇게 말하지

듣는 사람은 사랑받는 연인

이렇게 속삭이지

누구? 나?[*]

시 안에서 일인칭이 사랑하는 사람이라면 이인칭은 사랑받는 사람이다. 그러나 사랑을 받는 이인칭은 곧바로 되묻는다. 당신이 말한 그 사람이 누구라고? 혹시 나? 그 되물음에서 이인칭은 곧바로 일인칭으로 변한다. 그 순간이, 그 사랑이 오가는 팽팽한 자장이 북토크의 시인이 말한 '1자와 2자 사이의 절대성'일지도 모르겠다. 나는 지난해 내내 그 절대성을 지면에 펼쳐놓고 싶어 일인칭과 이인칭 화자의 혼용에 골몰했다. 그리고 장렬히 실패했다. 언급한 그레이스 페일리의 시 전문을 찾아보면 시인의 주장을 보다 분명하게 알게 된

---

[*] Grace Paley, "A Poem about Storytelling", *Begin Again: Collected Poems*, London: virago, 2001.

다. 페일리가 생각하는 일인칭은 진술의 문장이고 고백의 문장이며 고발의 문장인데, 그러려면 일단 들어야한다는 말이다. 오직 일인칭으로만 대표되는 줄 알았던 화자는, 그러니까 '작가'는 사실 듣는 사람으로 출발해 이인칭에서 일인칭으로 화르르 불을 옮겨붙이는 사람이다. 그 불이 옮겨붙는 시점은 이인칭이 누구? 나?하고 되묻는 순간. 그러므로 다소 거칠게 말하자면 작가란 되묻는 존재다. 말대꾸하는 사람이다. 왜? 어쩌다가? 그래서? 누가? 당신이? 내가?

"사람은 죽어 소망이 된단다."

역시 〈힐 하우스의 유령〉에 나오는 문장일 것이다. 저 대사를 처음 들었을 때 나는 속으로 항변했다. 사람이 죽어 소망이 된다면 그건 산 자들의 소망이겠지. 사람이 죽어 그리움이 된다면 역시 산 자들의 그리움이고. 사람이 죽어 기억이 되고 이야기가 된다면 전부 산자들의 것, 산 자들의 욕망이 연장된 것일 뿐이야. 그러니 더는 죽은 자를 들먹거리지 말라고. 그래놓고 나는 그 오싹한 드라마를 10화까지 모두 보았다. 간간이 울었다. 죽은 자 몇몇을 그리워했다. 이야기 몇 가지를 떠올리다 그런 내 모습에 진저리쳤다. 허공을 보고 말을 걸었다. 누가 이렇게 끔찍하지요? 나?

거짓말이다. 나는 드라마를 보면서 셜리 잭슨의 원작을 떠올렸고, 스크린 속 이야기와 지면 위의 이야기를 비교했다. 드라마 속 공포와 외로움에 이입했고 셜리 잭슨의 고립과 두려움을 짐작했다. 나는 나였다가 '그녀'였다가 흉가였다가 유령이었다. 나는 자유로운 척 여러 인칭 속을 전전하다가 잠들었다. 꿈에 얼굴 있는 타인들이 찾아왔다. 나는 그들과 놀다가 싸우다가 했다.

거짓말이다. 교토의 어느 묘지 옆 호텔에서 사흘을 자는 동안 나는 젊은 아빠 꿈을 한 번 꾸었고 늙은 엄마 꿈을 한 번 꾸었다. 묘지에 깃든 이들은 나의 냉랭함을 눈치챘는지 내 꿈에 찾아오지 않았다. 호텔을 떠나는 날, 처음보다 한껏 무거워진 트렁크를 끌고 잠시 묘지 쪽으로 다가갔다. 그날도 묘석은 물기로 반들거렸다. 어떤 기도의 말도 떠오르지 않았다. 낯선 이를 위한 기도는 예열이 필요했다. 나는 그저 잘 있으라고 했다. 또 만나자고 하지는 않았다. 우리는 만난 적이 없었으니까. 그러니까 우선 우리는 만나기부터 해야 하는 것이다.

"안녕하세요."

말하려면 우선 들어야 하고 들으려면 일단 말을 걸어야 한다는 당연한 이치를 깨닫고 나는 웃었던가. 그랬다면 아마 부끄러운 웃음이었을 것이다. 아직 멀었다. 부끄러우면 웃을 게 아니라 정색을 했어야지. 나는 얼굴을 고치고 묘지를 떠났다. 여행은 거기서 끝이 났지만 어쩐지 새로 시작된 것 같기도 했다.

해설

자리 없는 여자들

— 소영현(문학평론가)

여성이 여성을 욕망할 때

여성이 여성을 욕망의 대상으로 삼는 일은 이성애 중심으로 구축된 세계를 위협하는 사건이 될 수 있을까. 그것만으로 이성애의 대체물이 아니라 이성애의 강제에서 자유로운 다른 욕망의 지도를 그릴 수 있을까. 헤아릴 수 없는 시도들이 마련한 모델을 통해 이성애 중심, 아니 좀 더 근원에서 남성 중심적으로 구축된 세계로부터의 이탈을 꿈꿀 수 있을까. 이주혜 소설이 품은 숨은 기획은 이런 질문들을 무화(無化)하는 자리에서 시작된다. 억압적인 젠더 확정성이나 이성애 중심주의에 균열을 불러오는 일을 겨냥하지만, 이주혜 소설이 보여주는 여성 동성애에 대한 관심은 이성애의 반대편에 놓일 대항적 선택지를 마련하기 위해서가 아니다. 그런 의미로 여성을 향한 욕망은 섹슈얼리티의 이름으로 가둬지지 않는다. 이주혜 소설은 뒤집힌 남성 중심의 세계나 그로부터 만들어진 여성성에 기초한 각종 제도에는 무심하다. 대문자로 추상화될 수 없는 여성들의 개별 얼굴을 발굴하면서, 거기에서 비로소 열릴 자리 없는 여자들을 위한 세계를 다시 쓴다. 해체가 아니라 생성에 집중한다.

번역과 사랑

「소금의 맛」에서 한국과 일본 사이, 한국어와 일본어 사이, 코로나바이러스가 만든 장벽 너머로 위태롭게 이어지는 여성 동성애는 영화 〈캐롤〉의 원작 소설 『소금의 값The Price of Salt』(1952)에 대한 각자의 언어로 수행하는 번역 릴레이로 구현된다. 일본어와 한국어로 된 번역문을 주고받는 사이에 그들의 사랑은 그 길에서 발견하게 될 우연적 희열과 내내 지속될 좌절과 고통으로 구체화된다. 끝내 온전한 의미의 이해에 도달하지 못하며 그런 것이 가능하지도 않다는 사실을 인정한 채로, 그러한 시도에 마침표를 찍고 다시 또 시작하는 일에서나 그들의 사랑이 가능하다는 사실을 전한다. 올림픽의 주기를 반복하며 「소금의 맛」의 나와 너는 만났고 헤어졌으며 다시 만난다. 그들의 만남은 자기 자리를 떠나는 일이자 이곳에서 저곳으로 건너가는 일이지만, 그것은 허용되지 않는 '없는' 자리를 되밟고 있는 서로를 향한 제자리걸음에 가깝다. 일본어와 한국어로 번역된 소설을 이어 붙이며 영어로 된 소설을 다시 반복하는 것과 다르지 않게, 그것은 경계 넘기의 반복적 수행이면서 출발지로 매번 다시 돌아오는 일이기도 하다. 좁혀지지 않는 간격을 두고 도는 시간은 가당을 수 없는 이해를 향한 수행의 반복을 통해 위태로운 여성 동성애에 이르게 된다.

　　『소금의 값』을 사이에 두고 이루어지는 그 사랑은 한없이 가까워졌다가 속절없이 멀어지기를 반복한다. 순환되며 고여서 짙어지는 이 과정은 강제된 이성애의 원심력에 대한 금지와 위반이 아니라 상호 연결성을 만들고 유지하는 일에 가깝다. 그렇게 아무것도 사라지지 않고 "누구도 뒤돌아볼 필요가 없"(69쪽)는 시간의 면을 넓힌다.

　　이주혜 소설이 여성의 욕망을 두고 그려내는 지도는 아버지의 법이 아니라 어머니의 자리와 관련된다. 「소금의 맛」이 보여주듯, 어머니는 이주혜 소설에서 여성의 욕망이 시작되는 출발지이다. 주문을 외듯 누군가의 이름을 부르는 너의 행위는 「소금의 맛」에서 두 번 반복된다. 자신의 장례 행사에서조차 애도의 주인공이 되지 못했던 엄마를 부르는 행위로, 이곳에서 저곳으로 건너가는 일의 고통을 피하고자 한 나를 부르는 행위로. 나를 향한 너의 욕망은 그렇게 엄마에 대한 너의 열망과 겹치면서 반복된다. 엄마가 보고 싶어 엄마를 불렀고 간절한 부름에 대한 응답으로 새가 왔다고 생각하는, 기도의 힘을 믿는 너의 간절한 부름은 나의 몸을 통해 조산으로 태어나 1년을 채 살지 못하고 떠난 아이에 대한 그리움과 회한으로, 나와 너의 재회로 이어지며 연결된다.

되풀이해서 말하지만, 여성 서사에 전념한다고 해도 이주혜 소설의 관심은 '아버지의 법의 인력'에서 멀어지는 것에 있지 않다. 근접하고자 하며 연결되고자 하는 시도가 만들어내는 반복의 파동이 다른 배치를 그릴 수 있는지 살핀다. 그 시도는 금기를 위반하는 방식과는 아무런 관련이 없다. 「소금의 맛」에서 끝없는 근접의 시간이 번역의 과정으로 그려졌다면, 「골목의 근태」에서 그것은 엄마들의 서로 다른 이야기들이 발화되고 공유되는 과정으로 구현된다. 계급도 나이도 인종도 다른 엄마들이 털어놓는 이상적인 '엄마'에 미달하는 사연들은 대체될 수 없는 각자의 고유성을 갖고 있지만, 서로 이어지듯 공존하는 이야기들 사이에서 엄마-여성을 중심으로 한 다른 배치의 가능성이 어둠 속의 반딧불이처럼 빛을 마련해간다.

을지로3가의 어느 골목 술집에서 손님과 종업원으로 만났던 「골목의 근태」의 너와 나는 동지의 한밤중에 온통 어둠뿐인 골목의 한 귀퉁이에서 '어머니-되기'의 사연을 나누는 너와 나로 다시 만난다. 앰버 빛깔

향긋한 차가 있고, 깊은 숲의 향으로 가득한 제비 뜨개방에서 너와 나, 그리고 뜨개방 주인과 그 엄마는 동지의 밤에 술기운으로 몽롱한 채 우연처럼 만나 동지 리스를 만들고 팥죽을 나눠 먹으며 다음번 동지의 밤을 기약한다.

너인 엘리사벳은 5년 전 삼십대 의사 부부의 연년생 아이를 돌보는 일로 한국 생활을 처음 시작했다. 아버지가 한국인이지만 한국어에 미숙하고 영어에 능숙한 엘리사벳은 영어 유치원에 들어간 아이들과 영어로 대화를 나눌 수 있다는 이유로 '내니'로 고용되었지만, 아이들을 사랑했던 너와 달리 그 아이들은 너를 싫어하고 무서워했다. 친정 엄마의 힘을 빌려 필사적으로 워킹맘 생활을 이어가던 나는, 양가 어른들 전부가 반대한 해외 파견 근무를 마치고 돌아온 후 나에게 "씨발년아"(93쪽)라고 욕하는 아이를 만나게 된다. 고작 2년 헤어졌을 뿐임에도 "나의 승진과 그로 인한 분주함을 전부 자신을 매몰차게 버리고 얻은 대가"(94쪽)라고 여기는 아이에게 "버리고 갈 때는 언제고 이제 와서 엄마 노릇"(94~95쪽)이라는 힐난도 듣게 된다. 친정 엄마에게마저 과도한 일 욕심이 부른 일이라는 비난을 받으며 해외 파견 근무에도 아무런 얻은 것 없이 피폐해진 삶과 마주한다. 회사 동료들도 떠나버린 자리에서 혼자 술을 먹던 나는 우연처럼, 운명처럼 스웨터로 잃어버린 아이의 성장을 보존하고 지키는 뜨개방 주인을 만나게 된다.

　　뜨개방에서 그들은 가부장제가 요청하는 온갖 '어머니-되기'의 자리에 떠밀리듯 내던져졌음을, 그들 중 누구도 그 엄마 노릇을 충실히 다할 수 없었음을 서로 확인하게 된다. 여성성에 근거해서 사회가 여성에 부여하는 역할들과 그것의 온전한 수행 불가능성에 대한 반복되는 환기를 통해 여성의 경험이란 무엇이며 여성 경험의 재현이란 과연 무엇인가를 묻게 한다. 여성을 구성하는 것이 그녀들이 아닌 것들이었음을 알게 하는 것이다. 그리하여 뜨개방의 여성들은 진술이고 고백이며 고발인 엄마 노릇 실패의 이야기들을 말하고 또 들으면서 팥죽과 동치미를 함께 먹고 서로의 엄마와 아이가 된다. 알고자 하며 이야기하고자 하는 욕망을 통해, 그것을 말하고 공유하는 활동을 통해 국적과 인종, 나이에 구애되지 않는 연결의 가능성을 만든다. 한국의 중산층 아이를 돌보기 위해 국경을 넘어 이주 노동을 하는 여성, 자신의 직업적 성취를 위해 엄마 노릇의 방기 상황에 처하게 되는 여성, 자신의 신체나 삶의 보존을 위해 임신 중지를 하게 되는 여성, 여성 주체와 여성성의 이름으로 여성에게 주어진 자리 사이의 공존 불가능한 상황이 만들어내는 고통의 경험들이 구불구불한 골목길의 끝에서, 마법처럼 등장한 뜨개방에서, 리스를 함께 만드는 시간 속에서 긍정적 힘으로 공유된다. 한 해 중 밤이 가장 길다는 동지에 흑백의 존재들이 색을 지닌 존재들이 된다. 아니, 그들 본래의 색을 얻는다.

자리 없는 여자들을 위한 애도의 계보

달리 말하자면, 이주혜의 소설들은 여성성에 근거해 여성에 부여된 자리들에 대한 고발이자 자리 없는 여자들에 대한 구원의 이야기이다. '우리'라는 이름으로는 자리가 허락되지 않으며 죽음 이후에도 자리를 얻지 못한 여자들에 대한 애도의 이야기인 것이다. 「누의 자리」에서 때로 생물학적 차원에서 때로 제도의 강요에 의해 엄마가 되어야 했고, 죽어서도 자리를 보장받지 못했던 여자들이 나에 의해 애도되고 자리를 얻으며 자리 없는 여자들의 계보를 마련한다. 너와 나의 자리, 우리라는 말 속에 언제나 남아 있는 허위의 영역을 소거한 채로 너와 나를 위한 자리를 마련하고, 그 자리에 이름을 붙이고자 하는 시도가 「누의 자리」를 통해 수행된다.

구멍은 좁고 길어야 한다. 제법 깊이 박힌 원통 속 흙을 모두 파내고 거기에 질척거리는 너의 재를 부었다. 이제 파낸 흙을 다시 채우고 흔적을 지울 차례다. 수백 년 동안 왕을 기다렸던 빈자리 한 귀퉁이가 이제 너의 자리가 될 것이다. 너는 이곳에서 왕을 따돌리고 느긋해진 한 여자와 나란히 도토리 떨어지는 소리를 들으며 휴식할 것이다. 나는 사계절 내내 이곳을 찾아와 너와 함께 산책할 것이다. 그러면 비로소 이곳은 누의 자리로 완성될 것이다. (31~32쪽)

'우리'라는 말속에서는 자리를 얻을 수 없었던 존재들, 가부장제가 부여한 자리들에서 내내 어긋나고 떠밀리던 존재들, 사랑받지 못했으나 왕비의 자리를 지켜야 했던 여자와 사랑받았으나 왕비로도 왕의 어머니로도 자리를 얻지 못했던 여자, 연인의 장례식에서 어떤 역할도 어떤 의견도 낼 수 없는 여자, 아이의 성장 발달 지체에 대한 책임과 비난을 온전히 혼자 떠안아야 하는 여자, 사회가 강제하는 문화 코드에 부합하지 않는 여자들, 먼저 꼬리 치고 들러붙는다는 추문에 휩싸이는 여자, "내 자리는 어딘가요?"(16쪽)를 매번 물어야 하는 여자, 내내 어긋나고 떠밀리던 여자들. 나는 나의 너인 희원을 내내 비워져 있던 왕의 무덤(이 되었어야 하는) 자리에 묻으며, 왕의 힘이 지배하던 그곳에서 왕의 흔적을 지워낸다. 수백 년의 시간을 가로지르며 그 시간을 살아내고 배제되고 잊힌 여자들을 연결시키며 자리 없는 여자들을 위해 계보적 시간을 다시 쓴다.

　　기우 삼아 덧붙이자면, 애도의 계보화가 '어머니-되기'의 요청이나 '어머니-자리'의 복원으로 이어지는 것은 아니다. 이주혜 소설의 어머니는 우리 모두가 언제나 어머니의 몸에서 분리되었다는 차원에서의 어머니, 즉 여성 전체를 가리키는 말에 더 가깝다. 따라서 어머니들에 대한 애도는 어머니의 결핍이 아니라 어머니의 자리로만 허용되는 여성의 자리 전체에 대한 질문을 함축하며, 어머니의 이름으로 호명되거나 모성이라는 기능으로 환원될 때 누락되는 것들을 놓치지 않고 살피려는 시도이다. 어머니가 여성의 다른 이름이라는 사실보다 더 강조되어야 할 점은, 앞서 내내 반복해서 말해왔듯, 어머니에 대한 환기와 어머니의 자리에 대한 질문이 다른 세계에 대한 상상으로 이어진다는 사실이다.

이주혜의 소설은 문화로 착색된 제도에 대한 일격으로 다른 배치를 그릴 수 없음을 분명히 한다. 오히려 아버지 법의 힘의 자리 위에 반복해서 다른 배치의 가능성을 덧그리려는 시도를 통해서야 간신히 이전의 지도가 흐릿해지고 지금 우리가 상상할 수 없는 다른 지도의 밑그림이 떠오르게 될 것임을 믿는다. 이성애 중심으로 구축된 세계에 대한 일격이 아니라, 듣고 쓰고 말하고 다가가고 연결하려는 시도들과 그 반복된 실패에 대한 기억과 기록을 통해 지금까지와는 다른 여성 서사의 가능성이 마련될 수 있다고 말한다. 우리는 이주혜의 소설을 통해 실패 위에 실패를 거듭한 기록의 흔적을 확인할 수 있을 뿐이다. 아직은 그런 것이 아니라 그것이 다른 지도를 그릴 수 있는 유일한 길이다.

수록 작품 발표 지면

누의 자리
웹진 비유 2022년 11월호

소금의 맛
『나의 레즈비언 여자 친구에게』, 큐큐, 2022

골목의 근태
미발표작

트리플 18

누의 자리
ⓒ 이주혜, 2023

초판 1쇄 인쇄일 2023년 5월 10일
초판 1쇄 발행일 2023년 5월 31일

지은이 · 이주혜

펴낸이 · 정은영
편집 · 방지민 박진혜
마케팅 · 이언영 한정우 전강산
제작 · 홍동근
펴낸곳 · (주)자음과모음
출판등록 · 2001년 11월 28일
　　　　제2001 - 000259호
주소 · 경기도 파주시 회동길 325-20
전화 · 편집부 02) 324-2347
　　　 경영지원부 02) 325-6047
팩스 · 편집부 02) 324-2348
　　　 경영지원부 02) 2648-1311
이메일 · munhak@jamobook.com

잘못된 책은 교환해드립니다.
저자와의 협의하에 인지는 붙이지
않습니다.

ISBN 978-89-544-4900-7 (04810)
　　　 978-89-544-4632-7 (세트)